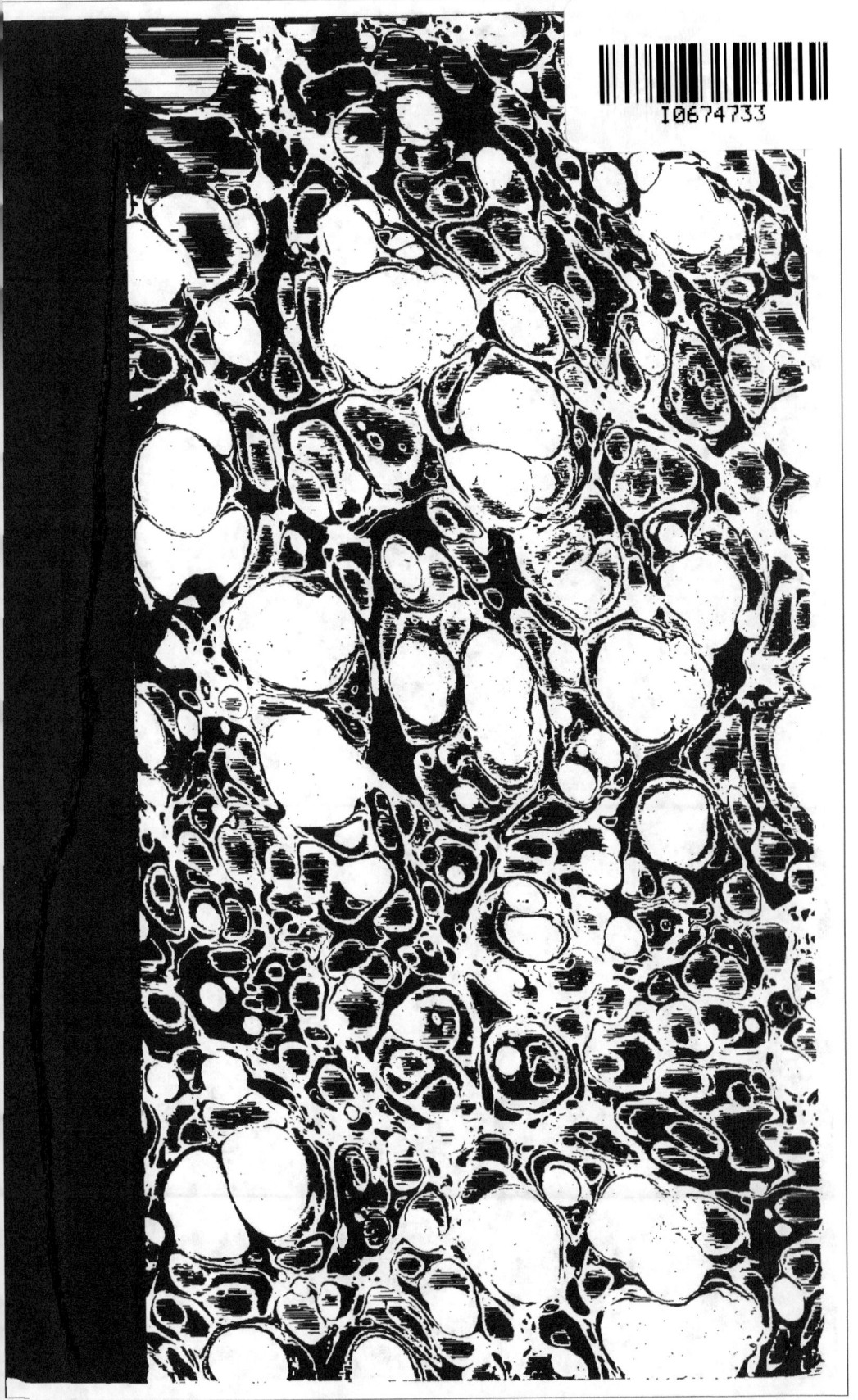

I0674733

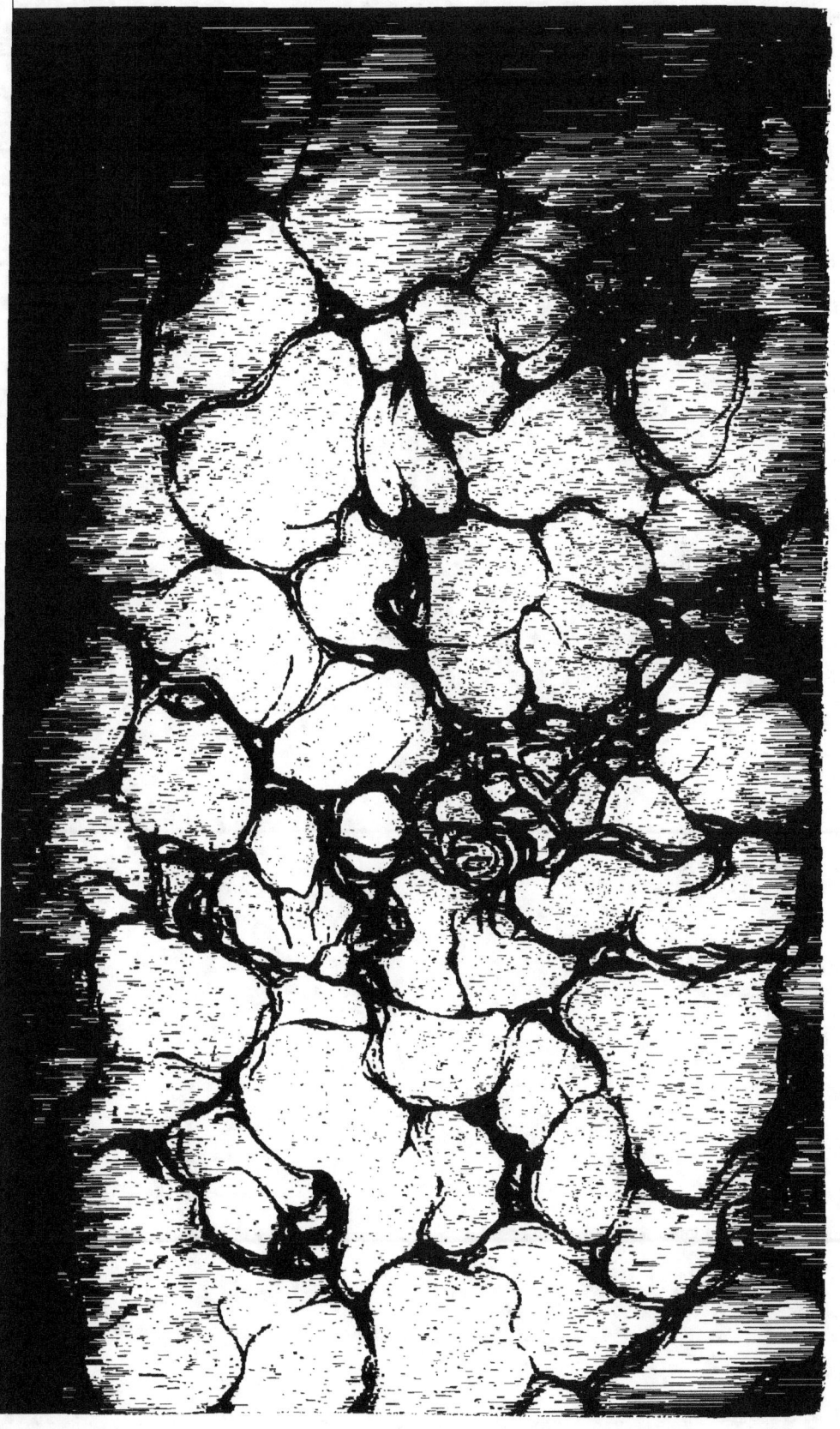

LA MATINÉE,

LA SOIRÉE,

ET LA NUIT

DES BOULEVARDS,

AMBIGU

DE SCÈNES ÉPISODIQUES.

8° 2 février
6931 · (1)

LA MATINÉE,
LA SOIRÉE,
ET LA NUIT
DES BOULEVARDS;

AMBIGU

DE SCÈNES ÉPISODIQUES,

MÊLÉ DE CHANTS ET DE DANSES,

Divifé en quatre Parties :

Repréfenté devant LEURS MAJESTÉS, *à Fontainebleau, le* 11 *Octobre* 1776.

BIBLIOTHÈQUE 766

IMPRIMÉ PAR EXPRÈS COMMANDEMENT
DE SA MAJESTÉ.

M. DCC. LXXVI.

LES PAROLES *font du Sieur* FAVART.

LA MATINÉE

DES BOULEVARDS,

AMBIGU-COMIQUE.

PREMIERE PARTIE.

PERSONNAGES.	ACTEURS.
LE M^d. CLINCAILLER,	M. Desbroſſes.
La petite M^{de}. DE PLAISIR,	Mlle. Desbroſſes.
M. DE L'ESCOMPTE,	M. Narbonne.
M^e. DU RESEAU,	Mlle. Deſglands.
MARTON, ſuivante de M^e. du Reſeau,	M^e. Dugaſon.
M. DESBROUTILLES, Libraire,	M. Rouſſel.
LE GARÇON LIBRAIRE,	M. Deſormery.
M. FILASSE, Perruquier Gaſcon,	M. La Ruette.
FOLICOME, Garçon Perruquier,	M. Coraly.
UN ASSESSEUR,	M. Gailiard.
M. CABOTIN, Comédien de Province,	M. Labluxiere.
M^e. MIJAURET, Comédienne.	Mlle. Gault.
M. BRODEQUIN,	M. Carlin.
UN ACTEUR DÉBUTANT,	M. Thomaſſin.
M. ROGER,	M. Caillot.
M^e. ROGER,	M^e. Moulinghen.
La petite MANON, leur Fille,	Mlle. Desbroſſes.
M. CABRE, Philoſophe,	M. Deheſſe.
UN SERGENT DU GUET,	M. Gautier.
UN SOLDAT DU GUET,	
UN COCHER,	M. Morel.

NOCE DE VILLAGE.

LE MARIÉ,	M. Berquelaure.
LA MARIÉE,	Mlle. Mar. Lefevre.
LA MERE DE LA MARIÉE,	Mlle. Souze Lefevre.
LE BARBIER,	M. Leclerc.

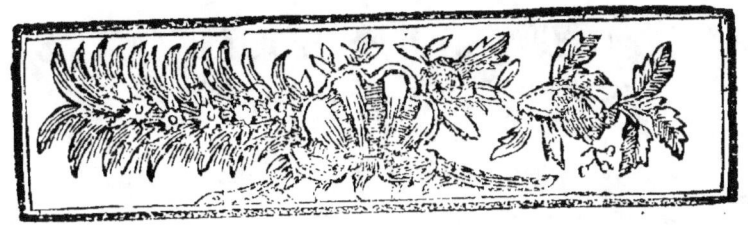

LA MATINÉE
DES BOULEVARDS.

PREMIERE PARTIE.

Le Théâtre repréfente une partie des Boulevards du côté de la Barrière du Temple; dans le fond eſt un Caffé, à côté une Boutique de Perruquier, & contre un Arbre une petite Echope de Libraire.

SCENE PREMIERE.

UN PETIT MARCHAND CLINCAILLER.

AIR.

Achtez de mes bagatelles,
Peignes d'ivoire, Peignes de buis,
Des Cartons pour les dentelles,
Lacets & Rubans choiſis ;

A ij

Des nœuds d'Épée pour ces D'moiselles,
Du rouge pour les p'tits Marquis.
J'ai des Sifflets pour les Pièces nouvelles,
Depuis longtems j'en fournis à Paris.
Ach'tez de mes bagatelles,
Je vends de tout à juste prix.

J'ai pour les prudes Coquettes
Des Eventails à Lorgnettes.
J'ai pour Messieurs les Courtisans,
Couteaux polis à deux tranchans.
V'là de gentilles Lunettes
Pour les Amans à cheveux gris.
Venez faire vos emplettes,
Je vends de tout à juste prix.

Fines Aiguilles
Pour ces Filles ;
Pour les Abbés v'là des Flacons,
Des Cure-dents pour les Gascons.
Et v'là pour les P'tits-Maîtres bourgeois
De grandes Boucles de harnois.
Ach'tez de mes bagatelles ;
V'là d'jolis Etuis garnis,
Des Boët' à secret pour les belles,
Des Lanternes pour les maris.
Je vends de tout à juste prix,
A juste prix.

SCENE II.

LE CLINCAILLER, LA PETITE MARCHANDE DE PLAISIR.

LA PETITE MARCHANDE.

AIR.

V'LA la p'tit' Marchande de Plaisir,
Qu'est-ce qui veut avoir du Plaisir ?
Venez, garçons; venez, fillettes ;
J'ai des Croquets, j'ai des Gimblettes
Et des Bonbons à choisir :
V'là la p'tit' Marchande de Plaisir ;
Du Plaisir, du Plaisir.

LE CLINCAILLER.

Ecoute, écoute, Louison ; as-tu déjà beaucoup
vendu, mon enfant ?

LA PETITE MARCHANDE.

Non, papa; mais voilà un louis qu'un Monsieur
m'a donné, pour remettre tantôt un billet à une
Dame qu'il doit épouser, & qu'il m'a fait connoître.

LE CLINCAILLER.

Donne; c'est toujours quelque chose ; les honnêtes
gens se soutiennent comme ils peuvent : mais auras-tu
assez d'adresse pour t'acquitter de ta commission ?

LA PETITE MARCHANDE.

Oh! que oui, papa: ce n'est pas mon coup d'essa.

A iij

LE CLINCAILLER.

Pefte !

LA PETITE MARCHANDE.

C'étoit moi qui allois porter les billets que maman écrivoit dès que vous étiez forti.

LE CLINCAILLER.

Ah, la petite mafque !

LA PETITE MARCHANDE.

Qu'avez-vous donc, papa ?

LE CLINCAILLIER.

Rien, rien. Va de ton côté, & moi du mien. Il faut avouer que voilà une petite fille qui a d'heureufes difpofitions. (*Il fort en chantant.*)

Ach'tez des boutons, tons, tons, d'tombac.

LA PETITE MARCHANDE.

V'là la p'tite Marchand' de Plaifir.

S C E N E III.

Madame DU REZEAU, MARTON.

MARTON.

IL me femble, Madame, que vous foutenez l'état de veuve affez gaiment.

A I R : *Prenons au Village une Maitreffe.*

Des liens fâcheux du mariage,
Heureux qui peut fe dégager ;
Mais on perd fon tems dans le veuvage,
Quand on n'a point l'art de s'en dédommager.

L'oiseau qui s'échappe de la cage,
De la liberté sent l'avantage.

Le partage
Du bel âge
Est d'en faire un bon usage.

Madame DU REZEAU.

Depuis deux ans veuve avec courage,
Un pareil état commence à m'affliger.

Toutes les nuits,
Dans les ennuis,
Veuve se plaint,
Soupire & craint.

Mon mari trop bourgeois
Étoit un ours,
Mais l'hymen quelquefois
A de beaux jours.
Si j'avois des tourmens,
J'avois aussi de bons momens.

MARTON.

Un petit bien, fait à propos,
Fait oublier bien des maux.

Mais ne regrettez point votre esclavage:
Vous devez songer
A vous dédommager.

Madame DU REZEAU.

Marton, as-tu dit au Cocher de se trouver à minuit
vis-à-vis du grand Caffé?

MARTON.

Oui, Madame: nous passerons donc ici toute la
journée?

Madame DU REZEAU.

Oui, j'attends en me promenant M. le Chevalier

A iv

Bourtefelle, qui doit nous donner à dîner & à fou-
per.

MARTON.

Sans Mademoifelle votre fille ?...

Madame DU REZEAU.

Sans Mademoifelle ma fille, qu'avons nous befoin
de cette petite mijaurée ? Je fuis fort mécontente de
fes manières.

MARTON.

Que vous a-t-elle donc fait ?

Madame DU REZEAU.

Comment ! ce qu'elle m'a fait ? A peine a-t-elle
dix-huit ans, qu'elle a déja la prétention de plaire.

MARTON.

Cela n'eft pas bien.

Madame DU REZEAU.

Je ne faurois parvenir à lui faire mettre un fichu ;
quand on la regarde, elle fe redreffe toujours &
refpire d'une manière tout-à-fait impertinente.

MARTON.

Ah ! le mauvais caractère !

Madame DU REZEAU.

Il femble qu'elle prenne à tâche de caufer des
diftractions à ceux qui me parlent.

MARTON.

Vous avez raifon : M. le Chevalier eft fort fujet
à ces fortes de diftractions-là, par exemple.

Madame DU REZEAU.

J'y vais mettre bon ordre, Marton : je la renferme
dans un Couvent : je lui ai annoncé mes volontés ;
elle part demain.

MARTON.

C'eft bien fait ; mais qui menera donc votre commerce ?

Madame DU REZEAU.

Mon commerce ! je le quitte, Marton, je le quitte. Il feroit beau qu'une femme comme moi vendît encore du galon & de la dorure ?

MARTON.

Ah ! Madame, depuis quelque tems vous en donnez plus que vous n'en vendez.

Madame DU REZEAU.

Je me marie, celui que j'époufe eft un des plus jolis Cavaliers.....

MARTON.

Qui ? M. de l'Efcompte ?

Madame DU REZEAU.

Qui te parle de M. de l'Efcompte ? Suis-je faite pour un Agent de change ? C'eft M. le Chevalier Bouttefelle que j'époufe.

MARTON.

Miféricorde !

Madame DU REZEAU.

J'aurai de beaux laquais , Marton.

MARTON.

Et Monfieur de jolies femmes-de-chambre.

Madame DU REZEAU.

J'aurai un Intendant.

MARTON.

Et Monfieur une femme-de-charge.

Madame DU REZEAU.

Je ferai de toi une fille-d'honneur.

MARTON.

Je vous aurai une grande obligation.

Madame DU REZEAU.

Dès demain je prends un carroſſe.

MARTON.

Et Monſieur le Chevalier une chaiſe de poſte....

Madame DU REZEAU.

Comment ! il me ſemble que tu doutes de ſes ſentimens pour moi ?

MARTON.

Oh! pas autrement ; mais en avez-vous des preuves bien ſolides ?

Madame DU REZEAU.

De très-ſolides. Par exemple , il a bien voulu accepter de moi trois - cents louis pour remonter ſa Compagnie. Il n'a point fait de difficulté de me demander encore deux-mille aunes de point d'Eſpagne pour galonner ſes Cavaliers ſur toutes les coutures. Tout ſera chamarré juſqu'aux bottines.

MARTON.

Mais il me ſemble que votre cher futur ſe fait bien attendre.

Madame DU REZEAU.

Le Chevalier eſt trop galant-homme pour me manquer de parole.

MARTON.

Il n'en a jamais manqué. Il en donne tant qu'il veut.

Madame DU REZEAU.

Mais qu'eſt-ce que je vois ? Quel fâcheux contretems ! C'eſt M. de l'Eſcompte.

SCENE V.

Madame DU REZEAU, MARTON, M. DE L'ESCOMPTE.

M. DE L'ESCOMPTE.

AH! ah! vous voilà, ma chère maman! comment! si matin aux Boulevards?

Madame DU REZEAU.

Oui. J'avois des vapeurs; je suis venue ici avec Marton pour les dissiper, & j'étois bien-aise d'être seule.

M. DE L'ESCOMPTE.

Serois-je de trop?

MARTON.

Cela se pourroit bien : ce sont des vapeurs de veuvage.

M. DE L'ESCOMPTE.

Eh! bien, pour les faire passer nous parlerons de notre mariage; c'est le moment de terminer nos affaires. Il y a quatre ans que Madame me berce d'espérances. Elle doit se souvenir que nous nous sommes fait une promesse de mariage respective deux ans avant la mort de son mari. J'ai cet effet dans mon porte-feuille.

MARTON.

Eh! bien, vous n'avez qu'à le négocier sur la place.

M. DE L'ESCOMPTE.

Il n'est point question de plaisanterie. Il est tems de nous marier, ou jamais.

Madame DU REZEAU.

Oui, jamais ; c'eſt bien dit. (*Bas à Marton.*) Mais je vois une petite Marchande qui nous fait des ſignes.

M. DE L'ESCOMPTE.

Eh ! bien, Madame, quel eſt le réſultat ?

Madame DU REZEAU, *à Marton.*

Fais-la approcher.

M. DE L'ESCOMPTE.

Vous ne me dites rien. Vous êtes d'une inquiétude. . . . .

SCENE VI.

LES PRÉCÉDENS, UNE PETITE MARCHANDE DE PLAISIR.

LA PETITE MARCHANDE *chante.*

V'LA la p'tite Marchande de Plaiſir ;
Du Plaiſir, du Plaiſir.

Madame DU REZEAU.

Venez, venez, ma petite.

LA PETITE MARCHANDE.

Monſieur, régalez ces Dames.

M. DE L'ESCOMPTE, *à part.*

Il y a ici du myſtère.

(*La petite Marchande donne des croquets à M. de l'Eſcompte & un billet à Madame du Rezeau. M. de l'Eſcompte ſaiſit le billet, & la petite Marchande s'enfuit.*)

Doucement, doucement! Ah! ah! un billet! c'eſt de l'écriture de M. le Chevalier de Bouttefelle.

Madame DU REZEAU.

Eh! Monſieur, vous rêvez.

M. DE L'ESCOMPTE.

Eh! non, Madame ; ſon caractère m'eſt familier : j'ai pluſieurs obligations de ſa main.

Madame DU REZEAU.

Quoi qu'il en ſoit, remettez-moi ce billet.

M. DE L'ESCOMPTE.

Je ne le rendrai point, que je ne ſois éclairci de mes ſoupçons.

Madame DU REZEAU.

Eh! bien, autant que vous ſoyez inſtruit la veille que le lendemain. J'épouſe le Chevalier.

M. DE L'ESCOMPTE.

Eſt-il poſſible ? Comment! Un Petit-Maître !

MARTON.

Madame ſe fait Petite - Maitreſſe. Les voilà de niveau.

M. DE L'ESCOMPTE.

Un étourdi qui n'a d'autre mérite que celui d'a-muſer les femmes avec le jargon de la frivolité pour en faire des dupes.

Madame DU REZEAU.

AIR : *Sotte méthode.*

Ainſi doit être
Un petit Maître,
Leger, amuſant,
Vif, complaiſant,
Plaiſant,

Railleur aimable,
Traître adorable;
C'eft l'homme du jour
Fait pour l'amour.

M. DE L'ESCOMPTE.

D'un fade langage,
D'un froid perfiflage,
Il fait un vain étalage.
Il veut tout favoir,
Il veut tout voir.
Sur tout il chicanne,
Et ricanne,
Jugeant de tout
Sans goût.

Madame DU REZEAU.

Ainfi doit être
Un petit Maître,
C'eft l'homme du jour
Fait pour l'amour.

M. DE L'ESCOMPTE.

De la femme qu'il aura
Bien-tôt il fe laffera.

MARTON.

On s'attend bien à cela:
Mais chacun a de fon côté
Même liberté,
Et rien ne fera gâté.
A peine on fe voit
Sous le même toît;
Chacun, comme étranger,
Peut vivre à fa guife,
Et s'arranger,
Sans qu'on s'en formalife.

Madame DU REZEAU ET MARTON.

Ainſi doit être
Un Petit-Maître ;
C'eſt l'homme du jour
Fait pour l'amour.

M. DE L'ESCOMPTE.

L'eſprit dégagé
De tout préjugé ,
Un goût de caprice
Le prendra pour quelque Actrice:
Il la meublera ,
Il l'étalera ,
Et dans la couliſſe
D'un ſouper lui parlera :
Viens , c'eſt à l'écart
Sur le rempart.
Sa déſobligeante
Y conduit l'Infante.
Là , parlant d'abord,
Penſant après ,
On donne eſſor
Aux malins traits.
L'abſent a tort ,
Et les bons mots
Sont les plus ſots propos.
On parle Vers ,
Concerts ,
Bijoux ,
Ragoûts ,
Chevaux ,
Romans nouveaux ,

Pagodes,

Modes.

On médit,

On s'attendrit,

On rit ;

Grand bruit,

Au fruit :

Au Bal on acheve la nuit.

Le matin, mis comme un valet,

Pâle & défait,

Monfieur, dans un cabriolet,

Part comme un trait,

Et pouffant un cheval fougueux,

Eleve un nuage poudreux.

Le Fantaffin malencontreux

Se fauve en fe frottant les yeux,

Jurant après lui de fon mieux.

Notre moderne Phaéton,

Prenant un ton,

Va chez plufieurs femmes de nom,

Leur fait la cour pour les trahir,

Les aime comme on doit haïr ;

Enfuite il envoye un exprès

Chez Jacmin ou chez la Frenais,

Demander des affortimens

De Bijoux & de Diamans,

Pour fa Déeffe d'Opéra,

Qui bien-tôt s'en rira.

Madame DU REZEAU ET MARTON.

Ainfi doit être

Un Petit-Maître ;

C'eft l'homme du jour

Fait pour l'amour.

M. DE L'ESCOMPTE.

M. DE L'ESCOMPTE.

C'en eſt fait, Madame ; avec de pareils ſentimens vous n'êtes plus digne de moi.

Madame DU REZEAU.

C'eſt bien dommage !

MARTON.

Nous avons de quoi nous conſoler.

M. DE L'ESCOMPTE.

Voyons donc à préſent le ſtyle de votre beau Chevalier.

Madame DU REZEAU.

Ah ! voyez à préſent. Cela m'eſt égal. Vous y verrez qu'il m'adore ; & qu'il va ſe rendre ici, afin de convenir des articles.

MARTON.

Oui, voyez.

M. DE L'ESCOMPTE.

Hum ! Ceux-ci ne ſeront pas de votre goût. (*Il lit.*) Madame, je viens de recevoir l'ordre de partir ſur le champ avec ma compagnie. J'ai jugé à propos de vous épargner la triſteſſe de nos adieux.

Madame DU REZEAU.

Ah, ciel !

M. DE L'ESCOMPTE *lit.*

Je ſuis dans le dernier déſeſpoir....

Madame DU REZEAU.

Le pauvre garçon !

M. DE L'ESCOMPTE *lit.*

Et j'y ſuccomberois infailliblement, ſi Mademoiſelle votre fille n'avoit la complaiſance de m'accompagner pour me donner quelque conſolation, afin de m'empêcher de mourir.

B

Madame DU REZEAU.

Ah, le scélérat !

M. DE L'ESCOMPTE *lit.*

Je l'époufe en reconnoiſſance d'un ſi bon procédé ; ce que j'ai reçu eſt un à-compte ſur ſa dot.

Le *Chevalier* BOUTTESELLE.

MARTON.

Le pauvre garçon !

Madame DU REZEAU.

Je ſuis trahie, aſſaſſinée ! eh ! vîte des chevaux de poſte pour les rejoindre plutôt.

M. DE L'ESCOMPTE.

Ma foi, elle n'a que ce qu'elle mérite, & je m'en console.

SCENE VI.

GARÇON LIBRAIRE, FILASSE, DESBROUTILLES.

LE GARÇON.

JOLIES pretintailles d'Opéra, Meſſieurs ; maximes & lambeaux de Tragédies ; Comédies à la mode bro-dées en chenille ; Brochures nouvelles, à ſix la pièce.

FILASSE.

Que vois-je ? c'eſt Monſieur Desbroutilles !

DESBROUTILLES.

C'eſt l'ami Filaſſe !

FILASSE.

Vous levez donc ici boutique de bel-eſprit ?

DESBROUTILLES.

Oui : je fuis Auteur & Libraire ; je fabrique, achete, troque & vends toute efpèce de marchandifes poëtiques & profaïques ; je rajeunis des penfées ; je retourne des fujets ; je transforme une Tragédie en Drame lyrique ; je rhabille à neuf tous ces mauvais Opéra de Quinault : en un mot, j'entreprends toutes fortes d'ouvrages nouveaux, tirés des anciens & des modernes.

FILASSE.

Votre magafin eft-il bien fourni ?

DESBROUTILLES.

Je vous en réponds. Epîtres dédicatoires qui vont à toutes les tailles, Madrigaux pour des gens en place, Bouquets en vers où il n'y a que les noms à changer, Dictionnaires de rimes en ariettes, & jolis impromptus fur toutes fortes de fujets.

LE GARÇON.

A choifir, à choifir, à fix la pièce, à fix la pièce.

FILASSE.

Gagne-t-on beaucoup à ce métier-là ?

DESBROUTILLES.

Pas mal. J'ai de plus la correfpondance des théâtres de Province, à qui j'envoie toutes les Pièces refufées.

FILASSE.

Vous devriez encore leur envoyer la plupart des Pièces qui font reçues.

DESBROUTILLES.

Je leur adreffe auffi des fujets pour recrûter leurs troupes.

FILASSE.

Occupez-vous plutôt à recrûter les nôtres. Adou-
fias, je vais mettre la derniere main à un ouvrage
beaucoup plus important que tous les vôtres.

DESBROUTILLES.

Comment! vous êtes Auteur auffi?

FILASSE.

Je m'en flatte. Je fuis coufis du célèbre Barbier
Figure. L'efprit & le génie font le patrimoine de la
famille.

DESBROUTILLES.

Quel eft votre ouvrage?

FILASSE.

Un Journal Encyclopédique de toutes les modes
nouvelles. Il paroîtra quatre fois le mois.

DESBROUTILLES.

Pourquoi pas quatre fois la femaine? La mode du
jour n'eft pas celle du lendemain.

FILASSE.

Il eft vrai, la matière ne manquera pas.
1°. Les étoffes & leurs garnitures : les plaintes
indifcrettes, la grande réputation, le defir marqué,
l'agitation, le doux fourire, la compofition honnête,
la . . . .

DESBROUTILLES.

Et cetera, & cetera.

FILASSE.

2°. Rubans & couleurs : puce, demi-puce, foupirs
de Vénus, foupirs étouffés, vive bergere, cuiffe de
nymphe émue.

DESBROUTILLES.

Eh! oui, oui.

FILASSE.

3°. Ajuſtemens : collet monté, le chat, le venez-y-voir.

DESBROUTILLES.

C'en eſt aſſez.

FILASSE.

Et les coëffures : toupet de phyſionomie, boucles d'attention, tempéramens, & plus bas ſentimens.

DESBROUTILLES.

A merveille ! ſuivez votre projet, j'ai mes occupations. (*A ſon garçon.*) Mes Correſpondans m'ont-ils envoyé des nouveautés ?

LE GARÇON.

Nous avons reçu de Londres une Caiſſe de Romans bien noirs, bien triſtes.

DESBROUTILLES.

Tant-mieux, tant-mieux : nous en ferons des Drames, ou des Opéra-Comiques.

FILASSE, *ſortant de ſa rêverie avec enthouſiaſme.*

M'y voilà, m'y voilà.

DESBROUTILLES.

Encore !

FILASSE.

Idée lumineuſe.... un Jardin Anglois.

DESBROUTILLES.

Que voulez-vous dire ?

FILASSE.

Oui, le Jardin Anglois, nouvelle coëffure que je viens d'imaginer ; là un rocher; ici un temple des Grâces, un moulin, forêt de plumes, caſcades de Perles, un Pont.... (*Il eſt interrompu par une rumeur.*)

B iij

SCENE VII.

LES PRÉCÉDENS, COCHER; UN SERGENT, *traverſant le Théâtre avec un Soldat du Guet.*

LE SERGENT, *à la Cantonnade.*

Où vas-tu? où vas-tu?

DESBROUTILLES.

Voilà du bruit. Rentrez tout cela.

(Differentès perſonnes qui ſont ſur la Scène ſuivent le Sergent, il paroît un Carroſſe de voiture.)

LE SERGENT.

On ne paſſe point par ici.

UN COCHER.

La rue eſt embarraſſée.

LE SERGENT.

Veux-tu te reculer?

Madame MIJAURET.

Nous allons verſer.

(Le Carroſſe verſe , rumeur dans le Carroſſe.)

Ahi! ahi! ahi!

FILASSE.

Donnez-moi la main, Madame.

Madame MIJAURET.

Non ; j'ai là mon pauvre petit chien. Bibi, Bibi! ah! le voilà : tenez , quelqu'un , par charité. (*On prend ſon chien.*)

LE SERGENT.

Sortez donc.

Madame MIJAURET.

J'ai encore mon Perroquet.

LE SERGENT.

Dépêchez-vous donc, Madame.

Madame MIJAURET.

Mais j'ai encore mon chat.

LE SERGENT.

Elle a donc une ménagerie. Oh, parbleu! vous
fortirez.

Madame MIJAURET.

Je n'en puis plus. (*On fait affeoir Madame Mijauret, & pendant ce tems plufieurs perfonnes fortent
de la voiture.*) Le cœur me manque.

FILASSE.

Voici de l'eau de Cologne.

Madame MIJAURET.

Eh! non, non.

FILASSE.

Que voulez-vous?

Madame MIJAURET.

Des Gimblettes.

FILASSE.

Des Gimblettes!

Madame MIJAURET.

Oui, pour mon chien, & mon perroquet.

(*Un Comédien fort de la voiture, avec une perruque à fon pied.*)

UN ASSESSEUR.

Monfieur, Monfieur, vous avez ma perruque.

B iv

LE COMÉDIEN.

Votre perruque !

L'ASSESSEUR.

Prenez donc garde, vous marchez deſſus.

LE COMÉDIEN.

Tenez, tenez, la voilà : donnez-moi le bras, Madame, entrons quelque part.

L'ASSESSEUR.

La voilà, la voilà ! elle eſt toute déchirée.

Madame MIJAURET.

Cocher, ayez ſoin de mon chat.

SCENE VIII.

FILASSE, L'ASSESSEUR.

L'ASSESSEUR.

Où pourrai-je à préſent en trouver une autre ?

FILASSE.

Quez aquo ; Monſieur ſé fait-il béſoin d'une perruque ?

L'ASSESSEUR.

Eh ! oui, Monſieur.

FILASSE.

Telle qué vous la voudrez, car j'ai tiré la quinteſſence dé mon art, & j'ai coulé à fond cette matiere qué jé poſſéde par écellence.

L'ASSESSEUR.

Mais la perruque ?

FILASSE.

Ah, la perruque! oh! il faut favoir qué la perruque n'eft pas une invention moderne, à la vérité : car Servius nous apprend dans fes notes fur Virgile au fujet de Didon....

L'ASSESSEUR.

Le Bourreau!

FILASSE.

Et Tertullien lui - même dit dans fon Traité des ornemens des Dames Romaines....

L'ASSESSEUR.

J'enrage!

FILASSE.

Malheureufement la décadence dé l'Empire Romain a entraîné la décadence des perruques.

L'ASSESSEUR.

Le diable t'emporte!

FILASSE.

Sous les Médicis & fous François Premier, nous avons vu la renaiffance des lettres ; mais ce n'eft qué dans lé dix-feptiéme fiécle qué nous avons vu en Europe la renaiffance des perruques.

L'ASSESSEUR.

La pefte t'étouffe!

FILASSE.

Oui, l'on étoit étouffé fous une immenfe criniere qui ne vouloit rien dire; toutes les perruques n'avoient qu'une même phyfionomie. Elles étoient muettes; mais le fiécle préfent m'attendoit pour les animer, les faire agir, parler & penfer même.

L'ASSESSEUR.

Mais, Monfieur, fongez donc....

FILASSE.

Eh, fandis ! c'eft à quoi j'ai toujours fongé tant pour lé phyfique qué pour lé moral.

L'ASSESSEUR.

Il ne finira pas. Mais, Monfieur....

FILASSE.

Jé corrige un vifage. Par exemple : vous avez lé nez trop long ; jé lé renfonce : eft-il trop court : jé vous lé tire. Vos yeux font trop petits ; jé les fends : font-ils trop fortans ; jé les......

L'ASSESSEUR.

Doucement ! en grâce dépêchez-vous.

FILASSE.

Jé mé dépêche. Jé reviens. J'oubliois lé principal. Quel eft votre caractère dominant ?

L'ASSESSEUR.

Qu'eft-ce à dire ?

FILASSE.

Êtes-vous fanguin, bilieux, flématique, atrabilaire. Tâtons votre pouls ?

L'ASSESSEUR.

Tâter mon pouls pour avoir une perruque !

FILASSE.

Eh ! fans doute. Jé l'ajufte non-feulement pour les figures ; mais encore pour les caractères.

L'ASSESSEUR.

Que diable !

FILASSE.

En un mot, mes coëffures donnent dé l'efprit, dé l'intelligence, des grâces, dé la raifon, dé la fcience & dé la philofophie.

L'ASSESSEUR.

Il m'excède !

FILASSE.

Vous allez voir passer en revue toutes mes coëffures. Holà ! eh, Policome ! arrive avec tout mon magasin.

L'ASSESSEUR.

Il ne faut pas tant d'étalage.

FILASSE.

Ce Policome est un garçon qui me sert de tête à perruque & qui donne la vie à tous nos ouvrages. Tenez, le voici coëffé à la Financiere. (*A Policome.*) Fais donc le geste de la perruque ?

POLICOME, *en se frappant & se caressant le ventre.*

Parbleu ! la petite Mimi nous a donné un excellent dîner. Remettez ce bordereau à mon premier Commis. Je vais faire un somme.

FILASSE.

Que dites-vous de cette coëffure ?

L'ASSESSEUR.

Fort bien, fort bien. La première venue ; mais il est en-allé, le traitre ! Il l'emporte.

FILASSE.

Ne vous fâchez pas. Il va revenir avec une autre plus grave.

POLICOME, *nasillonnant. (L'Assesseur veut prendre la perruque ; Policome passe d'un côté & de l'autre : ce qui fait un jeu de théâtre.)*

Vous êtes tous des ignorans, & moi je soutiens que toutes les maladies n'ont leur principe que dans

les vapeurs. Qu'eſt-ce que c'eſt que la triſteſſe? une
vapeur fuligineuſe. Qu'eſt-ce que l'amour? une
vapeur ſulphureuſe. La colère? une vapeur ignée.
L'ambition? une vapeur....

L'ASSESSEUR, *le ſuivant.*

Mais, mais, mais.....

POLICOME.

En un mot, tout le monde n'eſt que vapeur; &
je vais faire voir à ces jeunes barbes de la Faculté
qu'elles doivent encore du reſpect à nos vieilles
perruques.

FILASSE.

Convenez avec moi qu'il y a beaucoup de ſavoir
dans cette criniere.

L'ASSESSEUR.

Oui... mais il eſt encore parti.

FILASSE.

C'eſt qué j'ai remarqué qué lé petit bonnet iroit
peut-être mieux à votre phyſionomie.

L'ASSESSEUR.

J'ai envie de l'aſſommer.

FILASSE.

Patience, lé voici.

POLICOME, *en Abbé.*

On dit que le nouvel Opera eſt triſte & ennuyeux;
je n'ai pas trouvé ça, moi: il eſt vrai que je n'ai pas
entendu les paroles, & que je n'ai pas prêté grande
attention à la muſique; mais je m'y ſuis beaucoup
amuſé; mais, mais, beaucoup, beaucoup. J'étois à
côté de la petite Marquiſe, qui nous a tenu les propos les plus plaiſans, qui nous a raconté les anec-
dotes du jour les plus ſingulières. . . . . Mais voici
l'heure de ſa toilette, je dois m'y rendre.

L'ASSESSEUR.

Encore ! eh mais ! Monſieur, avez-vous réſolu de me faire mourir d'impatience, de me faire enrager? Je dois en qualité d'Aſſeſſeur faire des viſites ſérieuſes. Le tems preſſe.

FILASSE.

Ah ! vous êtes homme de robe? Holà ! Policome, la perruque ſénatoriale.

POLICOME.

En honneur, je ſuis excédé, rendu, anéanti. La Fleur, dites à la Comteſſe que je ne pourrai la voir qu'au ſortir de l'audience. En honneur, je n'ai que ce tems-là pour dormir. La Fleur, la Fleur, écoutez. . . . .

L'ASSESSEUR.

Je n'y puis plus tenir. Ventrebleu ! morbleu ! ç'en eſt trop. Il ne tient à rien que je ne t'étrangle, maudit Perruquier du Diable !

FILASSE.

Doucement ; vous êtes un peu vif, emporté, & je crois qué la perruque militaire ne vous ira pas mal. Holà, Policome, la perruque du courage.

POLICOME, *en habit de Suiſſe, avec une perruque à cadenette & l'épée à la main.*

Tertefle, donder, ſchlay, ſavonnette, barbe, ſac à poudre, ſi chel rencontre la viſache qui l'avre donné ein cou de canne à mon chen, moi li coupe ſon nez, ſes oreilles, & puis lui dire cent-mille churemens pour ſon peine.

L'ASSESSEUR.

Oh, parbleu ! il ne ſera pas dit que je ſerai ſans per-ruque. (*Il arrache celle de M. Filaſſe & s'enfuit. Filaſſe & tous ſes Garçons courent après lui en criant :*

Arrête, arrête, arrête.

SCENE IX.

Madame MIJAURET, CABOTIN, DESBROUTILLES.

CABOTIN.

JE crois, Madame, que c'eſt ici. Monſieur, pourriez-vous nous enſeigner M. Deſbroutilles ?

DESBROUTILLES.

C'eſt moi - même , Monſieur : qu'y-a-t-il pour votre ſervice ?

Madame MIJAURET.

Monſieur, vous voyez M. Cabotin, Directeur de la Comédie de Bourges, & Madame Mijauret ſa première Actrice.

DESBROUTILLES.

Votre ſerviteur. Voilà un ſiége, Madame.

CABOTIN.

J'ai eu l'honneur de vous écrire, Monſieur, pour vous prier de me procurer un premier amoureux.

Madame MIJAURET.

Dans le genre noble & qui ait aſſez de talent pour être en ſcène avec moi.

DESBROUTILLES.

Je me ſuis occupé du ſoin de vous ſatisfaire, & voici fort à propos M. Brodequin.

SCENE X.

LES PRÉCÉDENS , M. BRODEQUIN , LE DÉBUTANT.

BRODEQUIN.

Monsieur, voici un jeune Acteur que j'ai l'honneur de vous préfenter.

DESBROUTILLES.

Monfieur a un talent fingulier pour former des fujets.

BRODEQUIN.

Oh! fans vanité , je crois qu'il y a peu de maîtres comme moi pour le noble & le fublime. Allons donc, de l'affurance.

CABOTIN.

Il me paroît bien neuf.

BRODEQUIN.

Oh! cela n'y fait rien. Au-lieu d'annoncer un nouvel Acteur , on annoncera un Acteur tout neuf.

DESBROUTILLES.

C'eft ce qu'on auroit déjà dû faire plus d'une fois.

Madame MIJAURET.

Approchez, Monfieur , approchez.

BRODEQUIN.

Excufez , Madame : il eft un peu timide; il n'y a pas long-tems qu'il eft forti du Collége.

CABOTIN.

Monfieur fe deftine à la Comédie ?

LE DÉBUTANT.

Oui , Monsieur.

Madame MIJAURET.

Quel est votre genre ?

LE DÉBUTANT.

Je suis du genre masculin , Madame.

DESBROUTILLES.

On vous demande quel est votre emploi ?

LE DÉBUTANT.

Commis à la Barrière Montmartre jusqu'à présent.

CABOTIN.

Nous voudrions savoir quels sont les rôles que vous vous proposez de jouer.

LE DÉBUTANT.

Ah! ah! les grands amoureux nobles dans la Comédie, pour vous servir, Madame.

Madame MIJAURET.

Et dans le tragique?

LE DÉBUTANT.

C'est-là où j'excelle principalement , parce que j'ai beaucoup étudié mon art, & je me conduis sur tous les principes d'Aristorque.

BRODEQUIN, *le reprenant.*

D'Aristote.

LE DÉBUTANT.

Oui, Aristorque , qui dit que la Tragédie est fondée sur deux basses. . . . .

DESBROUTILLES.

Deux bâses.

LE DÉBUTANT.

Oui, deux basses ; savoir , la terreur & la pitié.

CABOTIN.

CABOTIN.

Ce jeune homme me paroît fort inftruit.

Madame MIJAURET.

Je vous entends ; quand vous paroiffez, vous faites peur à tout le monde, & c'eft la terreur....... & quand vous récitez, on lève les épaules, & c'eft la pitié.

LE DÉBUTANT.

Oui, Madame.

DESBROUTILLES.

Voyons un peu un échantillon de votre talent.

BRODEQUIN.

Allons, mon enfant, du courage.

LE DÉBUTANT.

Et que dirons-nous ?

BRODEQUIN.

Le récit de Typhon dans ma Tragédie ; c'eft que j'ai fait une Tragédie qui a pour titre l'Olympe af-fiégé, & le fujet eft la guerre des Géans contre les Dieux.

Madame MIJAURET.

Oui, oui, voyons, voyons.

BRODEQUIN.

Allons, mon ami, marche comme moi. . . . . Fort bien ; lance un bras, ...Ciel !

LE DÉBUTANT *lance le bras en l'air, le laiffe retomber, & enfuite s'écrie fur le ton de M. Bro-dequin.*

Ciel !

Madame MIJAURET.

Mais faut parler & gefticuler en même tems.

C

LE DÉBUTANT.

Oui ; mais c'eft que cela m'embarraffe : quand je fais les geftes, j'oublie les paroles ; & quand je penfe aux paroles, je ne fonge plus aux geftes.

BRODEQUIN.

Eh ! bien, mets-toi là . . . . . bon. Le bras de cette forte . . . à merveille. Déclame, & je gefticulerai pour toi. Songe que tu repréfentes Typhon, le Chef des Géans.

LE DÉBUTANT.

Oh ! j'ai l'efprit de mon rôle.

(Le Débutant déclame, tandis que Brodequin fait des geftes.)

Ciel ! que viens-je d'entendre ? O fortune barbare,
Je fens que la fureur de mon âme s'empare !
Quoi ! le grand Briarée ! . . . .

BRODEQUIN.

Eft devenu manchot.
Jupin fur fes cent bras a lancé fon brulot.
Tel un chêne orgueilleux fur qui tombe la foudre,
Voit fa tige grillée & fes rameaux en poudre.

LE DÉBUTANT.

Trifte fort d'un héros qui m'arrache des pleurs !
Pardonne, cher ami, pardonne mes douleurs.
Hélas ! nous devons tous ce tribut à fa cendre.

BRODEQUIN.

C'eft du fang, non des pleurs qu'il s'agit de repandre.
Quoi ! vous êtes Géant, Seigneur, & vous pleurez !

LE DÉBUTANT.

Ami, tu rends le calme à mes fens égarés.
Que l'affreux défefpoir, *(Il prend du tabac.)* que la fureur, la rage . . . *(Il en prend encore.)*

Répandent dans les airs l'horreur & le carnage.

Il faut ... apſit ... il faut faire écrouler les Cieux,

Culbuter à la fois les Déeſſes, les Dieux,

Aveugler le Soleil, faire un trou à la Lune.

Suivez-moi, vous ſuivez Céſar & ſa fortune.

Jupiter nous outrage ... apſit, apſit ... je veux,

Si je n'en ai raiſon m'arracher les cheveux,

Me donner vingt ſoufflets ... doucement! malepeſte!

BRODEQUIN.

Pardon, mon ami; c'eſt le geſte.

LE DÉBUTANT.

Le geſte, le geſte! le diable emporte le geſte! je renonce à la Comédie. (*Il s'en va en murmurant.*)

BRODEQUIN.

Ne vous inquiettez pas, je vais lui faire entendre raiſon: j'ai encore une douzaine de ſujets de la même force que j'aurai l'honneur de vous faire entendre. (*Il ſort.*)

Madame MIJAURET.

Bien obligée, Monſieur.

CABOTIN.

Monſieur nous donnera-t-il quelques nouveautés pour notre théâtre.

DESBROUTILLES.

Entrez dans mon magaſin, vous choiſirez. J'ai pluſieurs Tragédies & Comédies qui n'ont ſervi qu'une fois.

SCENE XI.

M. ROGER , Madame ROGER ; MANON,
leur petite fille , qu'ils portent sur une canne.

M. ROGER.

Reposons-nous ici, ma petite femme, m'amour; nous nous sommes affez promenés pour nous rafraîchir un peu. Monfieur le Garçon, faites-nous le plaifir de nous donner une bouteille de bierre, des échaudés & une caraffe d'orgeat pour cet enfant.

SCENE XII.

LES PRÉCÉDENS, M. CABRE.

M. CABRE, *avec humeur.*

EH ! drôle , apporte - moi ce que j'ai demandé , & le pose là.

(*Il se promene d'un air chagrin en long & en large.*)

Madame ROGER, *à sa petite fille.*

Passe là , Manon.

M. ROGER.

Non , non ; qu'elle se mette entre nous deux.

Madame ROGER, *à son mari.*

J'étois bien aise d'être à côté de toi.

M. ROGER.

Eh ! bien , approche ton genou du mien ; elle sera sur nous deux.

MANON.

Non, Papa ; cela vous incommoderoit , & Maman.

Madame ROGER, *lui faisant de la place.*

Allons , mets-toi donc où ton Pere t'a dit.

(*Roger prend la main de sa fille qu'il balance en chantant.*)

Ma fille , veux-tu du nanan ?

Ma fille , veüx-tu du nanan ?

Papa , ça m'f'roit tomber les dents.

Eh ! non vraiment , ç'n'est pas ce qu'il me faut.

C iij

J'entends le moulin tique, tique, taque,
J'entends le moulin taqueter.

Ma fill', veux-tu un amoureux ?　　　[*Bis.*]
Mon cher Papa, pourquoi pas deux ?
Eh ! oui vraiment, voilà ce qu'il me faut.
J'entends le moulin, &c.

Madame ROGER.

Vous lui apprenez là de jolies chanfons !

M. ROGER.

Bon ! bon ! ne veux tu pas élever ta fille dans une bouteille ? Ne fuffit-il pas que nous lui don-nions de bons principes, & de bons exemples, ce qui vaut encore mieux ? car les principes ne font rien fans les exemples, & il y a bien d'honnêtes gens qui perdent leurs enfans faute de ça.

Madame ROGER.

J'en conviens ; mais avec tout cela....

M. ROGER.

Avec tout cela, il n'y a pas de danger : on ne rifque rien d'inftruire une honnête fille du bien & du mal ; elle pratique l'un, elle fuit l'autre.

Madame ROGER.

Je ne penfe pas de même ; Roger, Roger, n'en-feignons que le bien, le mal s'apprend tout feul.

M. ROGER

Eh ! bien, j'ai tort, & tu parles en brave femme.

MANON.

Ne craignez rien, Maman ; je ferai tout auffi fage que vous, quand j'aurai un bon mari comme Papa.

Madame R O G E R.

Taifez-vous, petite fotte.

M. R O G E R.

Ne voilà-t-il pas que tu grondes? Sçait-elle les conféquences?

Madame R O G E R.

Tu la fupportes toujours.

(CABRE, en cet endroit, s'affied à la table de Roger, & repouffe fa bouteille brufquement pour avancer la fienne. Roger fe recule pour lui faire place.)

M. R O G E R, à Manon.

Manon, ta Maman me boude; donne-lui ce baifer de ma part.

M A N O N, baifant fa Mere.

Tenez, Maman; êtes - vous encore fâchée?

Madame R O G E R.

Oui, tiens, rends-lui fon baifer.

M. R O G E R.

Dis-lui qu'elle me le rende elle-même.

M A N O N.

Eh! bien, embraffons - nous tous trois.

(Ils s'embraffent.)

Madame R O G E R, à Manon.

Petite coquine!

M. R O G E R.

Cela n'eft-il pas charmant?

C A B R E.

Il faut avouer qu'il y a de fottes gens dans le monde avec leurs enfans!

C iv

M. ROGER, *à Manon.*

Allons, bois.

MANON.

Santé, Papa ; fanté, Maman ; fanté, Monfieur.

CABRE.

Eh ! oui, oui ; fanté, toute la compagnie. Comment peut-on trôler comme cela des marmailles avec foi ?

M. ROGER.

Dame ! Monfieur, excufez ; il faut bien procurer un peu d'amufement à ces petites créatures-là. Ce font des dépôts qui nous font confiés.

Madame ROGER.

Quel mal y a-t-il de mener avec nous nos enfans ? De belles & grandes Dames portent bien leurs chiens par-tout, qui font encore plus incommodes.

M. ROGER.

Sans doute ; des enfans ne méritent-ils pas bien la complaifance que l'on a pour des animaux ?

Madame ROGER.

Et puis après tout, c'eft notre plaifir.

CABRE:

Votre plaifir eft le tourment des autres.

M. ROGER, *avec fentiment.*

On voit bien que Monfieur n'a jamais été Pere.

CABRE.

Non, parbleu ! ni ne le ferai ; je ne donne pas dans ce ridicule-là.

Madame ROGER, *avec un peu d'aigreur.*

Si chacun penſoit de même, le monde finiroit.

CABRE.

Le grand malheur !

M. ROGER.

Laiſſe cela , Madelene ; chacun penſe à ſa guiſe ;
ne contredifons pas Monſieur. Chante plutôt une
petite chanſon ; & vous, petite fille , tenez-vous
tranquile ; que Monſieur ne s'apperçoive pas que
vous êtes là.

Madame ROGER *chante*, & *Roger répete.*

Pourquoi chercher hors de ſoi-même
Une trompeuſe volupté ?
J'aime Colas , & Colas m'aime ;
Eſt-il d'autre félicité ?

Entre les bras de l'Innocence ;
Sans allarmes & ſans remords ;
Chaque deſir eſt jouiſſance ;
Nous raſſemblons tous les tréſors.

M. ROGER.

Je ſuis aimé de ma Liſette ;
Fortune , garde tes faveurs ;
Sans toi mon âme eſt ſatisfaite :
Notre richeſſe eſt dans nos cœurs.

CABRE.

Oui, oui, chante ; tu en as bien ſujet.

M. ROGER.

Pourquoi non ? Nous ſommes contens.

C A B R E.

Contens! vous êtes bien heureux; je ne le suis pas, moi.

M. R O G E R.

Qu'est-ce qui vous en empêche? Pardon, je ne vous demande pas cela par curiosité; mais vous avez l'air d'un honnête - homme, & je m'intéresse à tous ceux qui sont dans la peine.

C A B R E.

Et moi je ne m'intéresse à personne; je veux bien cependant vous dire ce qui me chagrine. Je suis garçon, j'ai six - mille livres de rente, je ne fais rien, je vis en Philosophe spéculatif.

M. R O G E R.

Spéculatif! Sçais-tu ce que cela veut dire, Madelene?

Madame R O G E R, *joue à la bataille avec Manon, pendant l'entretien de Cabre & de Roger.*

Non; parle à Monsieur, je joue avec Manon.

C A B R E.

Je méprise souverainement les autres hommes, je n'ai pour objet que moi-même & ma propre satisfaction; je ne me mêle point de l'Etat, je déteste la société, & je trouve fort injuste que je contribue à leurs besoins.

M. R O G E R.

Mais, avec votre permission, cela me paroît très-juste. Ecoutez; je me souviens que j'étois un jour chez un de mes voisins, Jardinier au fauxbourg S. Marceau; il y avoit dans son jardin le plus bel arbre fruitier que l'on puisse voir; le voisin en coupoit de belles branches vertes qui s'élevoient

au-deffus des autres ; j'en voulus fçavoir la raifon :
ce font, me dit-il, des branches parafites qui fu-
cent la féve, l'arrêtent, & en empêchent la cir-
culation. C'eft bien fait, ai-je dit ; mais pourquoi
retranchez-vous les extrémités de ces branches à
fruit ? Afin, me répondit-il, que l'arbre profite ;
la faifon le demande : il faut d'abord fonger à l'arbre ; s'il dégénere, tout périt ; il en coûte quelques branches, quelques fleurs, quelques fruits
même ; mais l'année fuivante tout eft en meilleur
état. Cela me fait penfer que la fociété eft comme
un arbre dont nous fommes les rameaux, & que
par conféquent nous ne devons pas nous plaindre,
fi l'on élague un peu de notre fuperflu pour rendre la vigueur au tronc qui nous donne la vie.

C A B R E , *à part.*

Ces fortes de gens-là quelquefois ne raifonnent
pas fi mal.

M. R O G E R.

Pour moi j'ai eu le bonheur de contribuer aux
befoins de l'Etat de toutes façons. J'ai été foldat,
en voici des preuves ; j'ai eu le bonheur d'avoir
une balle, cela m'a valu les Invalides ; je n'ai pas
voulu manger le pain du Roi inutilement, j'ai
appris un métier, j'ai le bonheur de m'y diftinguer ;
je me fuis marié, j'ai eu le bonheur de trouver
une brave femme qui m'aime.

Madame R O G E R.

Ah ! Roger, qui eft-ce qui ne t'aimeroit pas ?

C A B R E , *à part.*

Voilà un fingulier homme ! il met du bonheur
à tout, jufques dans le mariage.

M. ROGER.

J'ai le bonheur d'avoir un enfant qui fe tourne à bien.

MANON.

Ah ! mon Papa, c'eft que je fuis bien obéiffante à Maman.

M. ROGER.

Je ne m'en tiendrai pas là ; nous aurons encore de petits citoyens qui feront utiles à la Patrie : n'eft-il pas vrai, Madelene?

Madame ROGER.

Oui, de tout mon cœur, Roger.

M. ROGER.

Eh ! vive la joie ! la, la, la, la.

CABRE, *à part.*

Je commence à convenir qu'il a raifon.

M. ROGER.

Croyez-moi. Eh ! parbleu, vivez avec les vivans ; vous êtes trifte & pauvre avec vos fix-mille livres de rente. Tenez, pour être auffi content & auffi riche que moi, qui n'ai rien, faites comme je fais ; foyez bon mari, vous aurez une bonne femme ; bon Pere, vous aurez de bons enfans ; bon ou-vrier, vous retirerez du profit ; bon citoyen, vous en aurez de la gloire. Eh ! vive la joie ! la, la, la, la.

CABRE, *à part.*

Ma foi, tout bien confideré, c'eft le bon parti ; fon gros bon fens m'éclaire ; je comprends que le plus grand Philofophe fpéculatif vaut moins que le plus fimple artifan laborieux, & qu'un homme oifif eft le fardeau de la terre. (*A M. Roger.*) Où demeurez-vous ?

M. ROGER.

Rue des Francs-Bourgeois; vous n'avez qu'à demander Roger, Manufacturier en étoffes. Je suis connu de tous les honnêtes gens.

CABRE.

Demain je vous porte cent pistoles pour vous aider dans votre travail.

M. ROGER.

Je les ferai valoir à votre profit.

CABRE.

Non, je vous en fais présent; c'est commencer à être utile que de protéger un bon Citoyen. Allons, Madame Roger, donnez-moi la petite Manon, que je la baise.

Madame ROGER.

Embrassez Monsieur, petite fille.

M. ROGER.

Ma femme, voilà des gens qui dansent; dansons avec eux.

SCENE XIII.
LA FÊTE DE VILLAGE.
VAUDEVILLE.

LA MARIÉE.

HIER, j'ons fait la noce
Au Village de Pantin.
Si je r'venons sans carroffe,
C'eft pour danfer en chemin.
J'avons du vin dans la tête;
Et d'l'amour dans l'cœur tout plein.
Il n'eft point de bonne fête
   Sans lendemain.

LA MERE.

Ça, Madam' la Mariée,
Embraffez donc vot' Mari.

LA MARIÉE.

N'faut pas qu'j'en fois priée;
J'avons ç'droit-là, guieu merci.
Rougit-on de ç'qu'eft honnête?
Tiens; mais fouviens-toi, Colin,
Qu'il n'eft point de bonne fête
   Sans lendemain.

M. ROGER.

Les Époux de la Ville
N'ont fouvent qu'un jour heureux;
Pour nous, j'en avons mille,
Mille encore auffi joyeux,

Cheux nous, fans que rien l'arrête,
L'amour va toujours fon train.
Il n'eft point , &c.

LA MERE.

Mon gendre , allons , courage ,
Prends ta femme par la main.
Quand j'étois à ton âge ,
Je danfois foir & matin.
Çà , çà , que rien ne t'arrête ,
Fais lui voir , mon cher Colin ,
Qu'il n'eft point , &c.

LA MARIÉE.

Quand par goût on s'engage ,
Hymen , que ton nœud nous plaît !
Mais fi d'un mariage
Qui fe fait par l'intérêt !
Avec grand fafte on l'apprête ,
Ce n'eft que bal & feftin ;
Mais hélas ! après la fête ,
    Quel lendemain !

Goûtons le doux breuvage
Que la vigne nous produit ;
Amis , de fon ufage ,
L'humeur joyeufe eft le fruit ;
Mais ne perdons point la tête ,
Et ménageons-nous afin
D'avoir , après bonne fête ,
    Bon lendemain.

Madame ROGER.

Notre petit ménage
Eſt l'aſyle du bonheur ;
Nous ſentons l'avantage
D'avoir tous deux un bon cœur.
Roger, en Époux honnête,
Fait honneur au lendemain.
Chez nous c'eſt tous les jours fête ,
Soir & matin.

LE BARBIER.

Les bonn's gens de Village
Font la noce à peu de frais.
A Paris , c'eſt autr' choſe ;
La moitié d'la dot y va.
Le premier jour de la noce
L'Époux ſaut' comme un cabri ;
Puis il ſe gratte la tête
Le lendemain.

Souvent ſans affluence,
On a vu languir nos jeux :
Meſſieurs , votre préſence
Étoit l'objet de nos vœux.
Vous venez, c'eſt fort honnête ;
Mais venez juſqu'à la fin.
Songez qu'il n'eſt point de fête
Sans lendemain.

Fin de la premiere Partie.

LA SOIRÉE

LA SOIRÉE

DES BOULEVARDS,

AMBIGU-COMIQUE.

―――――――――――

SECONDE PARTIE.

―――――――――――

D

PERSONNAGES.	ACTEURS.
L'OPÉRATEUR,	M. Colalto.
LA FEMME DE L'OPÉRATEUR,	Me. Dugafon.
GILLE,	M. Deformery.
LE CHEV. DE VENTILLAC,	M. Gaillard.
M. BRIDAUT,	M. De Heffe.
M. CRAQUET,	M. Camerani.
M. GOBE-MOUCHE,	M. Carlin.
LE GARÇON DE CAFFÉ,	M. Leclerc.
LE Md. DE CHANSONS,	M. Desbroffes.
LA Mde. DE CHANSONS,	M. Thomaffin.
UN GRENADIER,	M. Rouffel.
GRIFFONNET, Clerc d'Huiffier,	M. Deformery.
UN FIACRE, ivre,	M. De Heffe.
LE MARQUIS DES BROCARDS,	M. Michu.
Mlle. SAUTRIQUET,	Mlle. Adeline.
Me. TRICOT, Ravaudeufe,	Mlle. Defglands.
M. BONTOUR,	M. Narbonne.
Me. BONTOUR, en Savoyarde,	Me. Moulinghen.
M. CHOUCHOU,	M. Labluxiere.
Me. CHOUCHOU,	Mlle. Olivier.
UN TROMPETTE.	
SUITE DE L'OPÉRATEUR.	
SAVOYARDS ET MARMOTTES, &c.	

LA SOIRÉE
DES BOULEVARDS.

SECONDE PARTIE.

La même Décoration, à l'exception que l'intérieur du Caffé est illuminé. Une foule de personnes de tous les états remplissent le Théâtre en se promenant en tous sens : d'un côté est un Joueur de Marionnettes, de l'autre on fait danser un Ours, & sur le devant, des Catalans font danser deux Marionnettes sur une planche. Une Trompette annonce l'Opérateur ; on se range autour de lui.

SCENE PREMIERE.

L'OPÉRATEUR, L'OPÉRATRICE, GILLE, LE TROMPETTE, & *suite de l'Opérateur.*

AIR : *Les Fanatiques que je crains.*

Nous sommes de gais Charlatans ;
Nous menons joyeuse vie ;
Tous nos secrets sont excellens,
Contre la mélancolie ;

D ij

Jeux, plaisirs, amusemens,
Vive & tendre folie :
Voilà nos médicamens ;
La recette en est jolie.

✳

Nous avons, pour les vrais amans,
De la poudre sympathique ;
Pour les jaloux, pour les mamans,
Du sirop soporifique ;
Pour déterger les humeurs,
Une recette unique ;
Et pour animer les couleurs,
Un excellent spécifique.

L'OPERATEUR.

Messieurs, je ne vous dirai point que je suis le Type, l'Architype & le Prototype des plus fameux Philosophes Spargyriques, Empyriques & Amphygouriques, passés, présens & à venir ; je ne vous dirai point que je possède la Pierre Philosophale, l'Or potable & la Medécine universelle. Non, Messieurs, je ne m'arrêterai point à ces vaines bagatelles. Je vous dirai seulement que je suis le grand Docteur Galbanon ; *satis est.* Mon nom suffit.

GILLE.

Sotise est.

L'OPERATEUR.

J'ai parcouru toutes les parties de la terre inhabitable pour le soulagement des hommes. Y a-t-il quelqu'un qui se plaigne de mes remedes ? S'il y a quelqu'un, qu'il se montre, qu'il éleve sa voix : s'il dépose contre moi, s'il se plaint, tant-mieux, Messieurs ; oui, tant-mieux : ce sera une preuve que je ne l'aurai pas tué.

GILLE.

Il y a beaucoup de Médecins de la Faculté qui ne parleroient pas avec cette assurance.

L'OPERATEUR.

Je ne vous étalerai point les certificats des cures merveilleuses que j'ai faites. Est-il un témoignage plus authentique de mon habileté que ma propre existence? Regardez-moi, Messieurs. Cette brillante santé, cet état florissant dont je jouis, ne sont dûs qu'à l'usage continuel que je fais de mes remedes; il y a trente ans que je m'en sers & je m'en trouve bien. Aussi je dis: cassez-vous les bras, cassez-vous les côtes, cassez-vous les têtes; avec une goutte de mon Baume, je m'en soucie comme de cela.

GILLE.

Il ne tient qu'à vous, Messieurs, d'en faire l'épreuve tout-à-l'heure.

L'OPERATEUR.

Je distribue mon remede gratis, oui, gratis : j'ai plus de richesses qu'il ne m'en faut ; vous donnerez seulement deux sols pour le garçon & un écu pour la phiole.

GILLE.

Dépêchez-vous, Messieurs, dépêchez-vous.

L'OPERATEUR.

J'ai tout débité, Messieurs ; je pars demain pour Constantinople où le Grand-Seigneur m'attend avec impatience ; il faut, avant de vous quitter, que je vous donne un avis salutaire en reconnoissance de l'empressement que cette grande Ville a témoigné pour moi ; le voici, Messieurs : c'est qu'il faut vous défier de tous les Charlatans ; le monde en est rempli. Chacun veut faire notre métier. Allons, mes en-

fans, un petit divertiſſement à cette illuſtre compagnie.

VAUDEVILLE.

ON ne voit plus que Charlatans.
A tromper tout le monde s'occupe ;
C'eſt un jeu, c'eſt un paſſe-tems ;
Tour à tour l'un de l'autre on eſt dupe.
Chacun prend pour deviſe aujourd'hui :
    A trompeur, trompeur & demi.

Aux Provençaux, ceux d'Avignon,
Quelquefois font ſentir leur adreſſe :
Le Normand qui dupe un Gaſcon,
Trouve au Mans quelqu'un qui le redreſſe.
En tous lieux c'eſt la mode aujourd'hui :
    A trompeur, &c.

Aminte, pour ſéduire Argant,
Tous les jours met des attraits poſtiches ;
Lui, qui n'a pas cinq ſols vaillant,
Se fait voir un parti des plus riches.
Voila comme on contracte aujourd'hui :
    A trompeur, &c.

Tandis qu'un vieillard dameret,
Pour Médor, eſt trompé par Clarice ;
Les dons qu'à Médor elle fait,
Sont par lui remis à quelque Actrice.
C'eſt le train des amours d'aujourd'hui :
    A trompeur, &c.

Tandis qu'un Fermier, chez Iris,
Va porter tous ſes droits de préſence,
Au plus jeune de ſes Commis,
Son Épouſe en remet la vengeance.
C'eſt le goût des amours d'aujourd'hui :

    A trompeur, &c.

Quand Thibault Nanette épouſa,
On croyoit l'un garçon, l'autre fille ;
La fille étoit mere déja ;
Le Garçon avoit déja famille.
De tels nœuds ſont communs aujourd'hui :

    A trompeur, &c.

Sur de vieux draps certains Marchands
Des draps neufs attachent l'étiquette ;
Pour vingt jours qui ſeront vingt ans,
L'Acheteur demande qu'on lui prête.
Voilà le commerce d'aujourd'hui :

    A trompeur, &c.

Au jour de l'an c'eſt la fureur
Des baiſers, des marques de tendreſſe ;
A ceux que l'on hait dans le cœur,
On prodigue & ſouhaits & careſſe.
Ainſi voit-on régner aujourd'hui,

    A trompeur, &c.

(On bat du tambour derriere le Théâtre ; la plus grande
partie des perſonnes qui ſont ſur la Scène, ſort pour
aller voir une parade.)

SCENE II.

LE CHEVALIER, M. BRIDAUT, LE GARÇON DE CAFFÉ.

BRIDAULT.

PEste foit du tintamarre !

LE CHEVALIER.

Garçon !

LE GARÇON.

On y va. (*A la Cantonnade.*) Hé ! la Ripopée, donnez de l'orgeat à ces Meffieurs & de l'eau des Barbades à ces Dames.

LE CHEVALIER.

Garçon !

LE GARÇON.

Allons, allons. (*A la Cantonnade.*) Que l'on porte une taffe de chocolat à ce vieux Commandeur qui eft avec cette jeune fille.

LE CHEVALIER.

Garçon ! viendras-tu, belître ?

LE GARÇON.

Parbleu ! on ne fauroit fervir tout le monde à la fois.

LE CHEVALIER.

Parle donc, hé ! maroufle; tu dois tout quitter, quand le Chevalier de Ventillac t'appelle.

LE GARÇON.

Hé bien ! que voulez-vous ?

LE CHEVALIER.

Donne-moi un verre d'eau.

LE GARÇON.

La bonne chienne de pratique !

LE CHEVALIER.

Que dis-tu ?

LE GARÇON.

Que vous allez être fervi.

M. BRIDAUT.

Ecoute, écoute, garçon ; as-tu la gazette ?

LE GARÇON.

Elle n'eft pas encore arrivée ; mais voici les petites affiches.

LE CHEVALIER.

Donne toujours, en attendant : tenez, Monfieur Bridaut, lifez.

M. BRIDAUT.

Lifons ; pour moi je tiens que rien n'orne tant l'efprit, que les lectures utiles. (*Il lit.*) Biens feigneuriaux, terres, châteaux & feigneuries du Marquis Pharaon, à vendre par décret forcé.

LE CHEVALIER.

Paffons, paffons ; j'ai affez de biens feigneuriaux.

M. BRIDAUT.

Biens en roture.

LE CHEVALIER.

Fi donc ! qui eft-ce qui achete de ces miferes-là ?

M. BRIDAUT.

(*Pendant que Bridaut lit, le Chevalier tire de fa poche un petit pain d'un fol, en fait des mouillettes, & les trempe dans fon verre d'eau.*)

Toutes fortes de vins & de liqueurs fines, linge de

table, batterie & uftenfiles de cuifine, après le décès de M. Grafdouble, Chanoine d'Avalons, place aux veaux.

LE CHEVALIER.

Il s'attachoit au folide.

M. BRIDAUT.

Très-bel équipage de chaffe complet de la fuccef-fion de M. Carnage, Docteur en Médecine, rue de la Mortellerie.

LE CHEVALIER.

Doucement, doucement, Meffieurs de la Faculté ! c'eft bien affez que vous exerciez votre humeur maf-facrante dans les Villes, fans dépeupler encore nos plaines.

M. BRIDAUT.

Demandes particulieres. Un homme de la pre-miere confidération, auroit befoin, pour l'éducation de fon fils unique, d'un Précepteur qui fût au moins lire & écrire; les gages font de trois-cents livres. La même perfonne auroit auffi befoin d'un Cuifinier, dont les honoraires feront de cent louis, fans les profits. Il fera reçu à l'effai ; il y aura concours.

LE CHEVALIER, *trempant fa mouillette.*

C'eft un homme judicieux; vive la bonne chere !

M. BRIDAUT.

Plan d'une nouvelle falle de fpectacle, où les per-fonnes du beau fexe feront placées à l'orcheftre & à l'amphithéâtre, de façon à ne point mafquer la fcène.

LE CHEVALIER.

Que je life à mon tour. Annonces de livres. L'ef-prit de fociété, ou recueil complet de calembours.

M. BRIDAUT.

Ce livre fera fortune.

LÉ CHEVALIER.

Nouveaux principes d'agriculture, avec des inf-
tructions pour les Laboureurs, par un Littérateur
qui n'a jamais vu les travaux des champs.

M. BRIDAUT.

Bon livre !

LE CHEVALIER.

Prospectus d'un ouvrage moral, politique, philo-
fophique & comique, intitulé: Histoire générale des
inconséquences humaines.

M. BRIDAUT.

Parbleu ! c'est de quoi faire une immense biblio-
tèque.

LE CHEVALIER.

L'article feul de nos petites frivolités à la mode,
fourniroit dix volumes *in-folio*.

M. BRIDAUT.

Je vous crois.

LE CHEVALIER.

Par exemple, on presse du coude un petit chapeau
de taffetas, dont on ne se couvre point. Les jeunes
gens portent une canne, fur laquelle ils ne s'ap-
puient point; un filet d'épée, dont heureusement
ils ne se servent point. On a des châteaux qu'on
n'habite point ; un tas de domestiques qui ne servent
point. On imprime tous les jours des livres qu'on
ne lit point ; & l'on épouse des femmes avec lef-
quelles on ne vit point.

M. BRIDAUT,

Vos réflexions font justes.

LE CHEVALIER.

Et d'une autre part, tenez, je me rappelle un
couplet de chanson à ce sujet.

AIR: *O regingué, ô lon, lan, la.*

Nous voyons d'énormes chapeaux
Qui couvrent de petits cerveaux;
Petits minois à gros chignons,
Grandes boucles fur pieds mignons;
Et l'on abaiffe les voitures
Quand on releve les coëffures.

M. BRIDAUT.

Ah! voilà M. Craquet, la fleur des politiques du
Palais Royal.

SCENE III.

M. CRAQUET, M. BRIDAUT, M. GOBE-MOUCHE, LE CHEVALIER.

M. CRAQUET.

Bon jour, Meffieurs.

M. BRIDAUT.

C'eft Monfieur Gobe-mouche, bel-efprit auffi bril-
lant que profond.

GOBE-MOUCHE.

Ah! Monfieur!

LE CHEVALIER.

Mettez-vous là.

M. BRIDAUT.

Eh bien ? quelles nouvelles ?

M. CRAQUET.

L'Empereur du Japon vient de déclarer la guerre au Mogol ; il y a déja envoyé par terre foixante-mille charriots de munitions pour faire le fiége de Déli.

M. BRIDAUT.

Diable !

LE CHEVALIER.

Ecoutez donc, Meffieurs ; voilà qui peut faire changer les affaires de l'Europe. Qu'en penfe Monfieur Gobe-mouche ?

GOBE-MOUCHE.

Eh ! mais.... mais, Meffieurs..... hé ! hé !...

LE CHEVALIER.

Je fuis de votre fentiment.

M. CRAQUET.

On affûre que la place ne tiendra pas plus de fept à huit mois.

LE CHEVALIER.

Je gage pour neuf.

M. BRIDAUT.

Vous moquez-vous ? Je la prendrois, moi qui vous parle, en deux fois vingt-quatre heures. Morbleu ! j'ai un projet !....

LE CHEVALIER.

Où en avez-vous tant appris, Monfieur Bridaut ? Eft-ce dans vos livres de compte ?

M. BRIDAUT.

Doucement, Monfieur le Chevalier ! ne méprifons perfonne : quoique Marchand Papetier, j'en fais peut-être autant que vous. Apprenez que c'est moi qui fournis le Bureau de la Guerre, & que par conséquent je dois être au fait.

LE CHEVALIER.

C'est tout ce que vous pourriez dire, si vous aviez été comme moi dans le service.

M. CRAQUET.

Et moi donc, corbleu !

GOBE-MOUCHE.

Entendons-nous, Messieurs.

M. CRAQUET.

Oui, ne nous écartons point : tout ce que l'on peut espérer, c'est que le Turc envoye une flotte au secours.

M. BRIDAUT.

La Ville seroit prise avant. Je ne m'en tiendrois pas là. J'irois tout de suite à Constantinople ; je n'aurois que le Nil à passer.

LE CHEVALIER.

Le Nil ! eh ! où diable prenez-vous le Nil, M. Bridaut ?

M. CRAQUET.

C'est un fleuve de Tartarie.

M. BRIDAUT.

De Tartarie, de Tartarie !... je m'en rapporte à M. Gobe-Mouche.

GOBE-MOUCHE.

Hé ! hé ! Messieurs..... Messieurs..... à dire la vérité..... on sait..... parbleu ! cela parle tout seul.

LE CHEVALIER.

Je suis charmé que vous me donniez raison.

M. BRIDAUT.

Qu'appellez-vous ! c'eſt bien à moi.

M. CRAQUET.

Voyons la carte.

LE CHEVALIER.

Holà, garçon ! la carte.

LE GARÇON.

Comment la carte ! pour un verre d'eau !

M. BRIDAUT.

On te demande la carte de l'Europe.

LE CHEVALIER.

Vous allez voir votre bec jaune, **M.** Bridaut.

GOBE-MOUCHE.

Eh ! oui, vous allez voir, vous allez voir ſi j'ai tort.

M. CRAQUET.

La voilà.

LE CHEVALIER.

Remarquez bien ; tenez, Monſieur, voilà le Nil.

(*Il renverſe ſon verre d'eau ſur la carte.*)

M. BRIDAUT.

Garre, garre ; voilà le Nil qui ſe déborde.

LE CHEVALIER.

Eh ! que diable ! c'eſt que vous m'impatientez avec vos ignorances ?

M. BRIDAUT.

Vous êtes un impertinent.

M. CRAQUET.

Eh ! Meſſieurs, Meſſieurs.

GOBE-MOUCHE.

Entendons-nous, entendons-nous.

LE CHEVALIER, *donnant un foufflet*
à Monfieur Bridaut.

Sandis, voilà pour t'apprendre à vivre.

(*Bridaut rend le foufflet à Craquet,*
qui le rend à Gobe-Mouche).

GOBE-MOUCHE.

Entendons-nous, Meffieurs.

(*Chacun fuit d'un côté différent*).

SCENE IV.

LES CHANSONNIERS.

AIR: *Comme un oifeau, &c.*

Un Philofophe d'importance
Va changer les mœurs de la France,
Par fes leçons :
On verra fa Morale utile
Réformer la Cour & la Ville
Chanfons, chanfons.

Des apprentifs de la finance
Il corrige l'impertinence
Et les façons :
Les petits Commis de province
Ne prendront plus des airs de Prince;
Chanfons, chanfons.

On

On verra les époux fideles
S'aimer comme des tourterelles
  A l'uniſſon :
Le monde ſe fera ſcrupule
De les tourner en ridicule ;
  Chanſon , chanſon.

Des Officiers , dans leur abſence ,
Auront toujours même conſtance
  Pour leurs tendrons :
En revenant près de leurs Belles ,
Ils les retrouveront fidelles ;
  Chanſons , chanſons.

Les Abbés auront l'air moins leſte ;
Tout va prendre le ton modeſte ,
  Juſqu'aux Gaſcons :
On n'aura plus de ces Coquettes
Pour qui les Seigneurs font des dettes ;
  Chanſons , chanſons.

Ces Politiques inutiles,
Dans les Caffés prenant des Villes
  A leur façon ,
Vont regler , non le Miniſtere ,
Mais leur maiſon qui ne l'eſt guère ;
  Chanſon ! chanſon !

E

Nymphes du Cours , dont l'opulence

Promene à grand bruit l'indécence

En Phaétons ,

Vous n'irez plus en mafcarade

Du déshonneur faire parade :

Chanfons , chanfons.

(*Les Marchands des Boulevards prient les Chanfonniers de jouer du violon pour les faire danfer.*)

MENUETS ET CONTREDANSES.

SCENE V.

LA VICTOIRE, GRIFFONNET.

GRIFFONNET.

EH! bon jour , notre cher Coufin.

LA VICTOIRE.

Tout beau, ne m'appelle plus comme ça ; je me nomme la Victoire ; je fuis ennobli depuis que tu ne m'as vu.

GRIFFONNET.

Où font tes titres ?

LA VICTOIRE.

Les voilà : c'eft mon arc-en-ciel de fer ; quand on s'en fert bravement pour le bien de l'Etat & pour le fe-vice de fon Prince , ça vaut mieux que tous les parchemins du monde.

GRIFFONNET.

Tu as raifon ; c'eft de la bonne nobleffe celle-là.

LA VICTOIRE.

Sarpejeu ! j'rifquons not'perfonne pour l'acqué-
rir ; au-lieu que bien d'autres ne rifquent que des
zéros.

GRIFFONNET.

Mais par quelle aventure es-tu à Paris ?

LA VICTOIRE.

J'ai obtenu un petit congé pour venir voir mon
père : je pars demain pour rejoindre. Si tu veux tu
feras des nôtres.

GRIFFONNET.

Je le voudrois bien ; mais.....

LA VICTOIRE.

Quoi ! mais ! qu'eft-ce que tu fais ici ?

GRIFFONNET.

Je fuis toujours Clerc d'Huiffier & bel-efprit. Je
fais des pièces d'écritures pour ruiner des familles,
& des pièces de vers pour détruire des réputations.

LA VICTOIRE.

Tu fais là un chien de métier, mon ami.

GRIFFONNET.

Air: *Voilà la différence.*

Comme toi, dans mes exploits,
J'ai des rifques quelquefois.

LA VICTOIRE.

Voilà la reffemblance.
Je montre le fruit des miens ;
Tu caches celui des tiens :
Voilà la différence.

E ij

Crois-moi, coufin, il n'eft rien tel que d'aller tête levée : vive la guerre & les gens de cœur pour cela !

GRIFFONNET.

Ce n'eft pas le cœur qui me manque. Je fuis François ; mais tu as déjà dix ans de fervice. Avant que je parvienne comme toi & que je fache faire l'exercice.

LA VICTOIRE.

Tarare !

AIR : *Il étoit un Moine blanc.*

Tout François dans les combats

Devient héros au premier pas.

Il fuffit que le cœur nous mene :

Voilà notre vrai Capitaine.

GRIFFONNET.

Et puis, je t'avouerai franchement que je fuis trop attaché à la profeffion de bel-efprit.

LA VICTOIRE.

Eft-ce que tu la crois incompatible avec la nôtre ?

AIR : *Tout roule aujourd'hui dans le monde.*

En France, un vaillant militaire,

Unit l'efprit à la valeur :

Les grâces, le talent de plaire

N'empêchent point d'avoir du cœur.

J'aurions une lifte fort ample,

Des beaux efprits qui font héros ;

On t'en citeroit maint exemple,

Parmi nos braves Généraux.

Je ne confeillerois pas aux plus habiles d'en faire affaut avec eux ; c'eft qu'un trait n'attend pas l'autre. Ils vous pouffent des bottes, pif, paf !.....eh bien ! dans la bataille c'eft de même ; l'efprit vif, la tête froide, le cœur chaud; en trois mots voilà leur portrait.

GRIFFONNET.

Tu me décides.

LA VICTOIRE.

Allons, fois des nôtres; je te fais Soldat, & puifque tu as la manie du bel-efprit, je te crée Chanfonnier du Régiment.

GRIFFONNET.

Vive le Roi !

LA VICTOIRE, *lui mettant fon chapeau fur la tête.*

AIR : *Rli, rlan.*

Couronne-toi de la cocarde ,
Cherche la gloire ou le trépas.
Avec refpect chacun nous r'garde ;
Le Prince eft l'chef , & j'fomm'les bras.
Sous le Drapeau qui nous raffemble,
Si tu fais voir un zèle ardent ,
    Rli, rlan ,
Droit à l'honneur j'irons enfemble ,
    Rlan tamplan ,
    Tambour battant.

Je veux au bout d'une campagne,
Te voir déja joli garçon.
Des Officiers qu'on accompagne,
On faifit l'air , on prend le ton.
Des ennemis , ainfi qu'des belles ,
On eft vainqueur en l'z'imitant :
    Rli , rlan ,
On prend d'affaut les citadelles ,
    Rlan tamplan ,
    Tambour battant.

E iij

Vaillant & fier fans arrogance,
Marcher d'fang froid aux ennemis,
Sabrer, forcer leur réfiftance,
Secourir ceux qu'on a foumis,
Servir le Roi, fervir les dames ;
Voilà l'efprit du Régiment.

  Rli, rlan,

Tous nos guerriers font bonnes lames,

  Rlan tamplan,

  Tambour battant.

SCENE VI.

UN FIACRE, *ivre;* M. DESBROCARDS, UN GRENADIER, GRIFFONNET, Mademoifelle SAUTRIQUET.

LE FIACRE.

AH! mon Officier, je me mets fous votre protection.

Mademoifelle SAUTRIQUET.

Tuez-moi ce coquin-là.

DESBROCARDS, *l'épée à la main.*

Tu ne m'échapperas pas.

LE GRENADIER.

Qu'eft-ce qu'il y a, mon Capitaine ?

Mademoifelle SAUTRIQUET.

Et tuez-le donc, Monfieur, tuez-le donc.

LE GRENADIER.

Doucement, Mademoiselle ! il me paroît que les hommes ne vous coûtent rien. Qu'eſt-ce qu'il vous a fait ?

Mademoiſelle SAUTRIQUET.

Comment ! Un Fiacre verſer un cabriolet que je mène moi-même, expoſer une femme de ma qualité à culbuter en plein public. Vengez-moi, Monſieur le Marquis, vengez-moi.

DESBROCARDS.

Oui, oui, Madame.

LE GRENADIER.

Un moment, mon Capitaine ; il s'eſt mis à l'ombre du ſabre. Contez-moi vos raiſons.

DESBROCARDS.

Moi, que je rende compte à un drôle comme toi.

LE GRENADIER.

Un drôle ! Un Officier, un Général ne me parle-roit pas de la ſorte ; car ils traitent les Soldats de camarades. Ah ! ventre-bleu, je ſais à qui j'ai affaire ici. Je vous croyois un Capitaine à votre plumet blanc ; mais je vois que je parle à un faquin.

DESBROCARDS.

Faquin ! . . . . C'eſt un peu fort. Ecoutez : parlons tranquilement. Vous conviendrez qu'il eſt diſ-gracieux pour des gens comme Madame & moi qu'un maraud de Fiacre.....

LE FIACRE.

Maraud ! je ſuis honnête-homme, apprenez ça. Laiſſez, mon Officier, laiſſez-moi me ſervir de mon fouet.

E iv

LE GRENADIER.

Demeure là ; je vais te faire juftice.

Mademoifelle SAUTRIQUET.

Comment , Monfieur le Marquis ! vous fouf-
frez. . . . .

DESBROCARDS.

C'eft le refpect que j'ai pour vous qui me re-
tient.

LE GRENADIER.

Il n'eft point ici queftion de refpect; allons , mon
brave , vous m'avez traité de drôle; il faut m'en
faire raifon. (*Il tire le fabre.*)

DESBROCARDS.

Au Guet.. . . . . au Guet !

Mademoifelle SAUTRIQUET.

A la Garde , à la Garde !

GRIFFONNET.

Arrête , Coufin ; je reconnois ce Marquis-là ; c'eft
Monfieur Defbrocards , fils d'un Marchand de galons
rue aux fers.

LE GRENADIER *fait tomber l'épée de*
Desbrocards , & dit au Fiacre :

Ramaffe ça.

DESBROCARDS.

Oui , Monfieur vous répondra de moi.

Mademoifelle SAUTRIQUET.

Comment ! vous n'êtes point un Marquis ! Vous en
impofez à une femme comme moi.

SCENE VII.

LES PRÉCÉDENS , Madame TRICOT.

Madame TRICOT, *à Mademoiselle Sautriquet.*

AH! coquine; je te r'trouve à la fin.

Mademoiselle SAUTRIQUET.

Qu'eſt-ce que c'eſt que ça ? Que me demandez-vous ?

Madame TRICOT.

Comment , miſérable ! ce que je te demande !

Mademoiselle SAUTRIQUET.

Je ne vous reconnois pas , ma mère.

Madame TRICOT.

Comment, fille dénaturée ! race de couleuvre ; tu ne reconnois pas ta mère ! Je te le paſſerois , ſi c'étoit ton père, puiſque tu ne l'as jamais vu ; mais ta mère qui t'a élevée comme la prunelle de ſes yeux ! . . . Oui, Meſſieurs, cette coquine-là eſt ma fille ; bon ſang ne peut mentir. Eſt-ce parce que t'as des diamans, malheureuſe ? eſt-ce parce que tu t'es fait appeller Mademoiſelle Sautriquet ! Ah ! l'cœur m'en crêve. (*Elle pleure.*)

Mademoiselle SAUTRIQUET.

Mais , mais , en vérité !

LE FIACRE.

Mam'ſelle Sautriquet ! mais je me rappelle ça : c'étoit une Figurante des Boulevards. Eh ! oui , parbleu ! c'eſt la fille de Madame Bobinette , Revendeuſe à la toilette.

Madame T R I C O T.

*La fille de Madame Bobinette ! c'eft bien la mienne. Je m'appelle Madame Tricot, Maitreffe Revendeufe en boutique ; tout le monde me connoît. (*A fa fille.*) Qu'eft-ce que ça veut dire ? Parle donc, miférable !

Mademoifelle S A U T R I Q U E T.

Voilà bien des raifons : vous m'avez renoncée pour votre fille. On ne fauroit paroître décemment dans le monde fans mère ; j'en ai pris une autre que vous.

GRIFFONNET.

C'eft dans l'ordre.

Madame T R I C O T.

Une autre mère !

Mademoifelle S A U T R I Q U E T.

Oui, qui me coûte cinq-cents livres.

Madame T R I C O T.

Il faut que je t'étrangle.

LE G R E N A D I E R.

Allons, allons, la paix.

LE F I A C R E.

Oui, la paix ; c'eft bien dit : je fuis fans rancune, & je demande grâce pour elle. Manon, favez-vous bien que c'eft une de mes élèves ; c'eft moi qui lui ai montré à conduire le cabriolet : morbleu ! c'eft un petit Ange qui mène comme un Diable.

LE G R E N A D I E R.

Paix là ! Voici ce que j'ordonne : reprenez votre fille, Madame Tricot, & gouvernez-la de façon qu'elle ne prenne point d'autre mère. Montez dans le cabriolet, elle vous conduira.

Madame TRICOT, *pouſſant ſa fille*
devant elle.

Va donc, va donc, coquine! je te ferai charrier
droit.

LE GRENADIER, *au fiacre.*

Et toi, monte dans ton carroſſe avec nous; M.
le Marquis Desbrocards aura la complaiſance de
nous mener. Donne-lui ton fouet.

LE FIACRE.

C'eſt bien jugé; çà, l'ami, voiturez-moi: car le
diable m'emporte, ſi je ſuis en état de vous voiturer.

DESBROCARDS.

Comment, Monſieur! vous prétendez....

LE GRENADIER.

Allons, allons; marche.

GRIFFONNET.

Ce ne ſera pas le premier. plumet qui aura conduit
un carroſſe de place.

SCENE VIII.

M. BONTOUR, Madame CHOUCHOU.

M. BONTOUR.

Allons, gai, réjouiſſons nous,
Et faiſons les foux.

Mettez-vous là, ma chere Madame Chouchou.

Madame CHOUCHOU.

Vous auriez bien dû amener Madame Bontour.
Ne vient-elle jamais ſe promener avec vous?

BONTOUR.

Jamais. Ma femme eſt ennemie de tous les diver-
tiſſemens, quelqu'innocens qu'ils puiſſent être ; elle
eſt d'une jalouſie inſupportable , & ſi je veux jouir
d'un peu de bon tems , il faut que je m'échappe.
Parbleu! quand on paſſe toute une journée dans ſa
boutique , il faut bien avoir quelque délaſſement ;
j'aime la gaieté , moi.

Madame CHOUCHOU.

Je ſuis comme vous, & preſque tous les ſoirs nous
venons , mon mari & moi, nous amuſer aux Spec-
tacles des Boulevards.

BONTOUR.

Garçon ! encore un verre, nous attendons l'époux
de Madame.

AIR.

TANDIS que ma femme ſommeille ,
　　Suivons les plaiſirs.
　　Tout ſert nos deſirs.
Avec nous que la gaité veille.
Allons , gai , réjouiſſons-nous ,
Ouvrons cette bouteille.

ENSEMBLE.

Allons , gai , réjouiſſons-nous ,
　　Et faiſons les fous.

Madame CHOUCHOU.

Si votre femme vous chagrine ,
　　Laiſſez-la crier ,
　　On peut s'égayer ,
Sans l'offenſer , à la ſourdine.

BONTOUR.	Madame CHOUCHOU.
Allons, gai, réjouiſſons-nous ,	Allons , gai , réjouiſſez-vous ,
Mon aimable voiſine.	Avec votre voiſine.

ENSEMBLE.

Allons, gai, réjouiſſons-nous,
Et faiſons les fous.

BONTOUR.

Que de ſoucis dans le ménage,
De ſoins, d'embarras!
De tout ce tracas,
Bien ſot qui ne ſe dédommage.
Allons gai, réjouiſſons-nous;
Jouir, c'eſt être ſage.

ENSEMBLE.

Allons, gai, réjouiſſons-nous,
Et faiſons les foux.

SCENE IX.

LES PRÉCÉDENS; Madame BONTOUR,
en Savoyarde.

BONTOUR.

A Votre ſanté, Madame Chouchou.

Madame CHOUCHOU.

A votre ſanté, Monſieur Bontour.

Madame BONTOUR, *en Marmotte, chante & danſe*
en s'accompagnant du triangle.

Non, je n'aimerai jamais que vous;
Qu'un pareil deſtin doit faire de jaloux!
Non, je n'aimerai jamais que vous.

(*A part.*) Ah! voilà donc mon coquin de mari en
partie de plaiſir! il ne me reconnoîtra pas ſous cet
habit de marmotte. Je vais le traiter comme il le

mérite. (*A M. Bontour & à Madame Chouchou.*)
Voulez-vous un petit air, Monsieur, Madame ?

BONTOUR.

Oüi-dà, oüi-dà ; cela nous réjouira. De quel pays
êtes –vous, ma petite ?

Madame BONTOUR.

De la Vallée de Barcelonnette, pour servir vous,
Monsieur.

BONTOUR.

Ah ! pour servir moi ; bien obligé : eh ! bien, chan-
tez nous quelque chose.

Madame BONTOUR.

A I R : *Catherinette.*

Quand la fillette

Est à marida ,

Larirette ,

On la souhaite ,

C'est à qui l'aura.

Mais la pauvrette ,

Aussi tôt qu'on l'a ,

Larirette ,

Mais la pauvrette ,

On la laisse là.

BONTOUR.

C'est la vérité : par exemple, Madame Bontour
& moi, nous nous aimions comme deux tourterelles avant notre mariage.

Madame BONTOUR *à part.*

Ah! le traître ! (*Elle chante :*)

A I R : *C'est à toi, charmante brune.*

Un époux , une hirondelle ,

Ne se fixent pas long-tems ;

Tous les deux , à tire d'aîle ,

Cherchent toujours le printems.   (*Bis.*)

Un amant eſt tout de flamme ;

Mais l'hymen refroidit l'air.

Tout époux, près de ſa femme,

Grelotte comme en hyver.　　　(*Bis.*)

Madame CHOUCHOU.

Madame Bontour ne vous croit pas ici aſſuré-
ment.

BONTOUR.

Non ; elle dort à préſent de tout ſon cœur dans
ſon petit lit à part.

Madame CHOUCHOU.

Je crois qu'elle fait de beaux rêves.

BONTOUR.

Oh ! je lui en laiſſe tout le tems, je vous en réponds ; laiſſons cela, ne penſons qu'à nous divertir.

Madame CHOUCHOU.

C'eſt bien dit : je vais vous donner du divertiſſement, moi.

BONTOUR.

Très-volontiers ; je crois qu'elle eſt jolie au moins,
la petite marmotte. Voyons, voyons ; ôtez ce mou-
choir qui vous cache le viſage.

Madame BONTOUR.

Non, non, Monſieur ; une ſerine m'eſt tombée
ſur la tête.

BONTOUR.

Une ſerine !

Madame BONTOUR.

Si, ſi, una fredoura, una.... comé ? comé !
una fluſſion.

BONTOUR.

Ah ! une fluxion.

Madame BONTOUR.

Allons, Monſieur, voyez ma petite curioſité.

BONTOUR.

Elle eft jolie, votre petite curiofité?

Madame BONTOUR.

Oh! oui, Monfieur. On y voit toutes fortes de petites aventures bourgeoifes qui vous amuferont; je ne montre pas ça à tout le monde.

Madame CHOUCHOU.

Voyons, voyons; nous fommes difcrets.

Madame BONTOUR.

Vous nous donnerez donc quelque chofe, mon bon Monfieur? J'ai un coquin de mari qui m'abandonne, ma chere Madame: ah! j'ai bien de la peine: priez Monfieur votre amoureux pour moi.

Madame CHOUCHOU.

Mais Monfieur n'eft pas mon amoureux.

Madame BONTOUR.

Ah! Madame.

BONTOUR.

Tiens, ma petite.

Madame BONTOUR.

Grand-merci, Monfieur : mettez-vous-là. (*Elle leur montre fa curiofité.*) Vous allez voir tout ce que vous allez voir.... C'eft une petite partie nocturne qu'un bon mari a faite avec fa maitreffe fur les Boulevards; il fait coucher fa femme, & fait femblant d'aller fe mettre au lit.

AIR: *Là-bas deffous ces verds pommiers.*

Mais la femme en a du foupçon,

Farlarira don, don.

Allez avec votre tendron,

Hon, hon, hon, hon, hon,

Petit fripon;

Farlarira, larira, dondaine,

Farlarira don, don.

AIR:

AIR: *Ah ! la voilà, la voilà, là.*

Cet époux dans un doux transport,
Dès qu'il croit qu'elle dort,
   Sort.

BONTOUR.

Ah! ah! on diroit que c'est mon aventure.

Madame CHOUCHOU.

Oui, voilà qui est plaisant.

Madame BONTOUR.

Voyez, voyez. (*Elle continue.*)

Et sa femme, d'une autre part,
Pour les suivre au rempart,
   Part.

Madame CHOUCHOU.

Ce ne seroit pas là votre compte.

BONTOUR.

Nenni, parbleu !

Madame BONTOUR.

Voyez, voyez.   (*Elle chante.*)

En Marmotte elle s'habilla,
Les surprit & les étrilla,
Les étrilla.

BONTOUR.

Que vois je là ?

C'est ma femme.

Madame BONTOUR, *poursuit son mari en le frappant.*

Oui, la voilà, la voilà
   Là.

F

SCENE X.

LES PRÉCÉDENS, M. CHOUCHOU.

Monsieur CHOUCHOU, *à Madame Bontour.*

QUE faites vous, Madame?

Madame BONTOUR.

Comment, Monsieur! je surprends mon mari avec......

CHOUCHOU.

Arrêtez, c'est ma femme. La jalousie vous trouble la cervelle; nous avons fait une partie de Boulevard: Monsieur a bien voulu être des nôtres.

BONTOUR.

Vous voyez!

Madame BONTOUR.

Tu n'es donc point coupable?

BONTOUR.

Je ne l'ai jamais été, & je vous aimerois autant que les premiers jours sans votre humeur bisarre & vos chimères.

CHOUCHOU.

Allons, faites la paix, & vivez désormais en bonne intelligence.

Madame BONTOUR.

J'y consens, pourvu qu'il me donne des preuves réelles de sa fidélité.

BONTOUR.

Je m'y engage; touche là.

DUO DE LA GARDE : Aimons, buvons ; *mis en quatuor.*

QUATUOR.

Rions, chantons,
Chaffons les vains foupçons.
Les jaloux font toujours fâcheux.

Que la gaité ferre vos nœuds.
Rien ne peut vous défunir,
Si votre chaîne eft le plaifir.
L'Amour eft un enfant joyeux,
Qui rend l'Hymen moins en-
  nuyeux.

Sans leur accord, fans leur ac-
  cord,
L'Hymen languit, l'Amour
  s'endort.
Par la rigueur
Croit-on fixer un cœur ?
C'eft la douceur, c'eft l'agré-
  ment
Qui d'un Époux fait un amant.
Le plaifir dont on a joui
Renaît, loin d'être évanoui ;
Le plaifir dont on a joui
Renaît, loin d'être évanoui.
L'Amour eft un enfant joyeux,
Qui rend l'Hymen moins en-
  nuyeux.

Mde. BONTOUR.

Rions, chantons,
Ne crains plus mes foupçons,
Paffons tous deux des jours
  heureux ;
Que la gaité ferre nos nœuds.
Rien ne pourra nous défunir,
Si notre chaîne eft le plaifir.
  Rions, chantons,
Chaffons les vains foupçons.
L'Amour eft un enfant joyeux,
Qui rend l'Hymen moins en-
  nuyeux.
Sans leur accord, fans leur ac-
  cord,
L'Hymen languit, l'Amour
  s'endort.
L'Hymen languit, &c.
  Par la douceur
Je veux fixer ton cœur.
Je le promets, j'en fais ferment,
Si dans toi je trouve un amant.
C'eft par ce moyen qu'un mari
De fa femme eft toujours chéri.
Oui, oui, oui, oui,
Oui, oui, oui, oui,
L'Amour eft un enfant joyeux,
Qui rend l'Hymen moins en-
  nuyeux.

Sans leur accord,	Sans cet accord,
Sans leur accord,	Sans cet accord,
L'Hymen languit,	L'Amour s'endort,
Languit.	S'endort.

SCENE XI.

LES PRÉCÉDENS; GILLE,
avec une Sonnette.

GILLE.

ENTREZ chez nous, Messieurs, Mesdames; entrez chez nous. La *Confiance imprudente*, Proverbe en un Acte.

CHOUCHOU.
Célébrons cet accord heureux,
Du plaisir suivons les traces.

BONTOUR.
Allons ensemble voir les jeux.

GILLE.
Messieurs, prenez vos places.

BONTOUR, *à sa Femme.*
Je veux te donner ce régal.

GILLE.
A l'instant on commence.

BONTOUR.
Après le Spectacle le Bal,
Et toujours va qui danse.

(Tous les Acteurs sortent en dansant, & chantant :)
La la la la la la la la la,
Toujours va qui danse.

Fin de la seconde Partie.

TROISIÈME PARTIE.

LA NUIT

DES BOULEVARDS,

AMBIGU-COMIQUE.

PERSONNAGES.	ACTEURS.
COLIN,	Le Sr. Michu.
NICAISE,	Le Sr. Trial.
LE PLAISIR,	La D^{lle}. Beaupré.
JULIENNE,	La D^e. Trial.

TROISIÈME PARTIE.

LA NUIT
DES BOULEVARDS.

Le Théâtre repréfente un Labyrinthe de verdure,
& un banc de gazon fur le devant, dans un
Bocage.

SCENE PREM
LE PLAIS

AIR.

Sous un ciel pur &
Rafraîchi par le zéphir
Ces bocages font l'afy·
Du filence & du Plaif·
C'eft la Nature qui p·
Ce doux & charmant féjou· ,
Et fi dans quelque détour
La Raifon ici s'égare,
C'eft dans les bras de l'Amour.

Sous un , &c.

Ah! voici Julienne. La pauvre enfant! Elle accourt; elle se sauve pour se débarrasser d'un nigaud qu'on veut lui faire épouser : mais Colin ne la suit pas! Pourquoi fuit-elle aussi Colin ?

A I R : C'est ce qu'on ne voit guère.

Fuir un époux maussade & triste,

Lorsqu'à l'aimer le cœur résiste ,

Et le fuir comme on fuit un ours ;

C'est ce qu'on voit tous les jours :

Mais craindre un objet qui fait plaire ,

Et réprimer le sentiment ,

Pour fuir un jeune & tendre amant ,

C'est ce qu'on ne voit guère.

SCENE II.

LE PLAISIR, JULIENNE.

JULIENNE.

Où me cacherai-je, où me cacherai-je ? Je fuis Nicaise , parce qu'il me déplaît ; & Colin , parce qu'il me fait trop de plaisir.

LE PLAISIR.

Ma belle enfant , vous venez de nommer le Plaisir; c'est moi qui l'inspire. Oui , je suis le Dieu du Plaisir; dès que vous êtes quelque part , je suis toujours aux aguets ; & dès que vous prononcez mon nom , je m'offre à vous aussi-tôt.

A I R : Si j'voulions être un tantet coquette.

Je prête mes traits à la jeunesse ,

C'est au plaisir qu'elle doit sa fleur ;

Je suis le zéphir qui la caresse ,

Et mon souffle entretient sa fraîcheur;

Je voltige fur fon doux fourire,

Sa bouche refpire

Mon charme divin ;

Et dès le matin,

Quand je l'éveille ,

La rofe vermeille

Colore fon teint.

❀

Je vous fuis fans que l'on m'en foupçonne ,

Et je vous accompagne en tous lieux ;

Ma divinité vous environne ,

Et mes rayons font dans vos beaux yeux.

Sans que vous vous en doutiez , peut-être ,

En vous je fais naître

L'inftinct du bonheur.

C'eft moi qui difpofe de votre âme ;

J'anime & j'enflâme

Votre jeune cœur.

Allons, foyez de bonne-foi ; je dois être de votre connoiffance.

JULIENNE.

Mais , oui , & non. Je ne fais fi je dois me fier à vous. Je trouve dans votre air de la douceur & de l'efpièglerie. Je vous foupçonne d'être trompeur ; & cependant , malgré cela , un inftinct fecret femble m'avertir que vous me convenez.

LE PLAISIR.

Eh ! oui, fans doute ; je fuis le Plaifir, vous dis-je : je vous confeille de ne point me laiffer échapper.

AIR : *Quand je regarde Madelon.*

Zéphir eft moins volage

Que le Dieu du plaifir ;

C'eft au printems de l'âge

Que l'on peut me faifir.

Profitez-en , ma chere,

Je m'offre à vous fans bruit.

Comme une ombre légère ;

J'échappe à qui me fuit ,

Et je fuis qui me fuit.

J'évite le féjour des Grands ,

Je n'y fuis qu'en peinture.

Je me plais avec les cœurs francs ,

Guidés par la Nature.

Ces bofquets font mes palais ;

Les rofes , ma couronne ;

Un feuillage , c'eft mon dais ;

Un gazon me fert de trône.

Quand vous voyez un jeune homme bien aimable, que fentez-vous ?

JULIENNE.

Je fens quelque chofe qui tape contre mon cœur.

LE PLAISIR.

Eh bien ! c'eft moi qui frappe à la porte.

JULIENNE.

Vous n'êtes pas fait pour attendre.

LE PLAISIR.

C'eft moi qui rends les filles finceres ; c'eft moi qui leur fais venir le cœur fur les lèvres: & je ne le place là , que pour qu'on l'y vienne prendre.

JULIENNE.

Ah ! pour vous être livrée fans referve , je n'afpire qu'au moment d'être mariée : mais , ma chere mère, qui veut me donner à Nicaife , m'a défendu de vous écouter, à moins que vous ne foyez avec lui. Je ne vous ai jamais trouvés enfemble.

LE PLAISIR.

Je vous crois bien. A vous dire le vrai, je ne me plais guères avec certains maris ; & comme Nicaife, que vous déteftez avec raifon, doit être le vôtre, je ne me foucie pas de faire la connoiffance de ce benêt-là.

JULIENNE.

Mais on m'a dit que, quand on étoit fage, on ne devoit avoir de plaifir qu'avec fon mari. Il n'eft donc pas moyen de nous accorder ?

LE PLAISIR.

Mais oui-dà. Si vous époufez quelqu'un qui vous plaife & qui vous aime, je refterai avec vous tant que durera votre bonne intelligence.

JULIENNE.

Oh ! elle durera ; elle durera toujours, fi j'époufe Colin.

LE PLAISIR.

A la bonne-heure. Tenez, voici un bouquet que je vous donne ; celui à qui vous en ferez préfent, ou à qui vous le laifferez prendre, aura feul le droit d'être votre époux : car je vous fignifie que vous ne me verrez point dans votre ménage, à moins que vous n'ayez pour votre mari autant d'amour qu'il en aura pour vous. Profitez de mon avis.

JULIENNE.

Me voilà fort embarraffée ! Je voudrois bien, pour être heureufe, donner ce bouquet à Colin ; mais ma mère ne permettra pas que j'en difpofe à mon gré.

92 LA NUIT DES BOULEVARDS,

ARIETTE.

Ma mère
Me défend expreſſément
De plaire,
Et m'interdit tout amant.
Par un ſeul regard
Je la mets en colère,
Lorſque par haſard
Je prends un air plus tendre que ſévère.
Ma mère
Me défend expreſſément
De plaire,
Et m'interdit tout amant.
Si je me pare d'une roſe,
Elle croit que c'eſt à deſſein ;
Elle me gronde encor, ſi j'ôſe
Mettre un ruban contre mon ſein.
Aux danſes du Village
Si je veux me mêler,
Elle en a de l'ombrage,
Et me fait en-aller.
M'ôter le plaiſir à mon âge,
C'eſt pour m'y faire mieux ſonger ;
Et, loin d'en être plus ſauvage,
On cherche à ſe dédommager.
Ma mère, &c.

Après tout, ma mère peut avoir raiſon. Le plaiſir eſt dangereux. Il faut le fuir. J'apperçois Colin au bout de cette allée. Sauvons-nous.

LE PLAISIR.

Va, va, toujours, petite friponne; ſois ſûre que par-tout où tu ſeras, je t'accompagnerai.

AIR: *Du Barbier de Séville.*

Tendres desirs s'annoncent dès l'enfance,
Un doux penchant mene à la volupté.
On a beau faire, à quoi sert la fierté ?
L'Amour sourit, quand la vertu s'offense.

SCENE III.

COLIN, *seul.*

AIR: *Il n'est qu'un pas du mal au bien.*

QUE j'éprouve un cruel martyre !
De Nicaise je suis l'ami.
Je croyois mon cœur affermi ;
Julienne, malgré moi, m'attire.
Que dois-je faire en ce moment ?
J'étois ami, je suis amant.

SCENE IV.

COLIN, NICAISE.

NICAISE.

AH ! te voilà, Colin ! où est Julienne, où est-elle ?

COLIN.

Hélas ! je l'ignore.

NICAISE.

Elle s'échappe, au moment de signer notre contrat de mariage. Je t'avois prié de lui tenir compagnie, pendant que je parlois à fa mère. Eft-ce ainfi que tu gardes ma prétendue?

COLIN.

Elle eft partie comme un éclair, je n'ai pu la retenir.

NICAISE.

C'eft que tu es un nigaud, quand tu es avec elle. Tu la regardes; elle te regarde. Tu ne lui dis mot; elle ne te répond rien. Tu l'ennuies, c'eft ta faute, & c'eft toi qu'elle fuit.

COLIN.

Cela peut être.

NICAISE.

Elle eft entrée, m'a-t-on dit, dans ce Labyrinthe. Ah! mon cher ami, tâche de la trouver.

COLIN.

Mais, Nicaife, la commiffion que tu me donnes eft-elle bien prudente? Julienne eft aimable, fi je devenois ton rival?

NICAISE.

Toi, mon rival! de quoi ça t'avanceroit-il?

AIR: *De Beaumarchais.*

Je t'en défie, oh! pardi, je t'admire.

Va, fur ce point

Tu ne m'alarmes point.

Je crains peu qu'un adjoint

Détruife mon empire.

Quand Julienne te voit,

Elle affecte un air froid,

Rougit, foupire;

Et moi, je la fais rire.

COLIN, *à part.*

Oui, de pitié, (*Haut.*) Mais. ....

NICAISE.

Encore des mais !

COLIN.

Si j'ennuie Julienne, je ne pourrai la rejoindre, elle me fuira toujours.

NICAISE.

Tant-mieux.

COLIN.

Je ne t'entends point.

NICAISE.

Tiens, pour te faire comprendre ça, je vais te faire une comparaison de chasse.

AIR.

Un furet dans un terrier,
En fait sortir le gibier ;
Moi, je fais le guet.

COLIN.

Oui, mais le furet,
Quand l'appétit l'excite,
Tandis que le chasseur attend,
Prend le gibier au gîte
Souvent,
Et seul il en profite.

NICAISE

Allons, allons, point de mauvaises plaisanteries. Julienne sortira du Labyrinthe, j'attendrai à la porte.

COLIN.

Bien imaginé.

NICAISE.

Nous perdons du tems. Dépêche-toi.

DUO.

NICAISE.	COLIN.
Julienne !	Julienne
Mais va donc la chercher.	De moi va se cacher.
Par la mordienne !	Recherche vaine !
Tu veux donc me fâcher ?	Cesse de te fâcher.
Ma peine	Sans peine
Ne te touche pas.	J'obéis, en ce cas :
Cours & l'amène ;	Attends Julienne,
Je t'attendrai là-bas.	Attends toujours là-bas.

[*Il sort.*]

SCENE V.

COLIN, *seul.*

AIR : *Pourquoi fuir un Amant ?*

AMOUR, conduis mes pas.
Mon cœur ne tient pas
Contre tant d'appas.
Où la trouver hélas ?
Dans mes bras
Viens, ma chere Julienne.
Amour, conduis mes pas.
Mon cœur ne tient pas
Contre tant d'appas.

Mais

Mais je me fens arrêté :
　Je crains fa fierté ;
　La fidélité
Au devoir me ramene.

Non , non : mon cœur agité
Par l'amour eft emporté.
Julienne , entends ma voix ;
Julienne , Colin t'appelle.
Julienne entends la voix ;
D'un Amant foumis à tes loix;
Si tu crains mon ardeur ,
　　Ta rigueur
A toi-même eft cruelle.
　　J'entends du bruit ,
　　L'efpoir me fuit ;
Approchons de ce réduit.
Mais je ne la vois pas.
Amour , conduis-moi fur fes pas.
　　　Hélas !
Amour , Dieu du bonheur , fers mes vœux,
Rends fon cœur moins fauvage ;
Ah s'il reffent mes feux ,
Amour , au lieu d'un , tu fais deux heureux.

Julienne a beau fe cacher,
Sans l'effaroucher ,
Je vais la chercher
De bocage en bocage :
En vain on fuit un Amant
Qui fait guetter le moment.

G

SCENE VI.

JULIENNE.

AIR : *Vaudeville d'Epicure.*

DANS le fond de ce labyrinthe
Ma vertu cherche à se sauver.
La sagesse est toujours en crainte ;
Sa fierté ne veut rien braver.
Si Colin venoit me surprendre,
Je suis foible, il est plein d'ardeur :
Comment pourrai-je me défendre,
Quand le danger est dans mon cœur ?

Il n'ôse me dire qu'il m'aime,
Tant il est timide & discret ;
Mais, malgré sa contrainte extrême,
Dans ses yeux j'ai lu son secret.
De son feu qu'il faut que j'ignore
Si l'aveu semble lui coûter,
Je crains, je crains bien plus encore
De l'entendre & de l'écouter.

Que ferai-je, s'il faut qu'il vienne ?
Le fuir, en aurai-je le tems ?

SCENE VII.

COLIN, JULIENNE.

COLIN, *sans être apperçu & continuant l'Air.*

JULIENNE!

JULIENNE, *toute tremblante.*

C'eſt ſa voix.

COLIN.

Julienne !

JULIENNE.

Oui c'eſt lui , c'eſt lui que j'entends.

D'un ſeul mot il pourroit confondre

La vertu qui doit m'affermir.

Pour éviter de lui répondre ,

Je ferai ſemblant de dormir.

(*Elle ſe couche ſur le banc de gaʒon & s'arrange pour dormir.*
Sa tête eſt poſée ſur le bras gauche , de façon qu'en levant la
main , elle peut cacher ſon viſage à demi.)

COLIN, *s'approchant timidement.*

AIR : *De Tempé.*

Ah ! Julienne , es-tu-là ?

Mais quelqu'un ici ſommeille !

C'eſt... c'eſt... oui , la voilà :

Ah ! le cœur me bat déja.

Ah !

Sur cette bouche vermeille

Que ne puis-je diſpoſer

D'un baiſer?

Mais c'eſt trop m'expoſer.

Ah! que ne ſuis-je une abeille!

J'irois me repoſer...

Non, pour moi, c'eſt trop ôſer...

En ſecret l'Amour me conſeille

D'éprouver ſi Julienne dort.

(Il détâche une fleur du boſquet & la gliſſe ſur la joue de Julienne qui fait un mouvement.)

Paſſons-la contre ſon oreille,

Cette fleur. Ah! j'y vais trop fort.

(Il ſe retire avec crainte & ſe rapproche.)

Point de bruit, ſauvons-nous:

Je crois qu'elle ſe réveille.

Non, non, non: ah, tout doux!

Mais Julienne ouvre les yeux;

Dieux!

{ Il ſe ſauve. }

JULIENNE.

Il s'en va, m'en voilà débarraſſée heureuſement...,
Il revient, continuons, je veux l'éprouver.

COLIN.

J'ai pris l'allarme mal-à-propos: elle dort, oui, elle dort, eh! pourquoi voudrois-je l'éveiller? que de charmes! je puis la contempler à mon gré. Il n'y a que ſes beaux yeux, que je ne vois pas. Ils ſont fermés; & quand elle les ouvriroit, je n'oſerois pas les fixer; chaque fois que mes regards rencontrent les ſiens, je ſens un trouble......
une agitation..... Que Nicaiſe ſera ſatiſfait de poſſéder Julienne! Il ne ſent pas ſon bonheur comme moi. Que ne ſuis-je à ſa place? Ah! Julienne, ma chere Julienne!

AIR : *Ça n'convient pas , ça n'se fait pas.*

J'ai toujours ofé t'aimer ,

    Sans t'exprimer

Combien ta beauté m'enflâme ;

L'amour qui fçut m'animer

M'a dit : mon âme eft ton âme.

C'eft bien vrai , je le fens là.

    (En fe détournant, ce qui donne lieu à Julienne
    de dire à part les derniers Vers de ce Couplet.)

JULIENNE.

    Ah ! paff' pour ça ;

    Ah ! paff ' pour ça.

COLIN, *en s'approchant.*

Nicaife obtiendra ta foi,

O Ciel ! & moi

Je ferai donc la victime!

Mais en attendant , je croi

Qu'on ne me peut faire un crime

De baifer cette main-là.

    (Il lui baife la main & s'enfuit avec précipitation.)

JULIENNE.

    Ah ! paff' pour ça ;

    Ah ! paff' pour ça.

COLIN, *revient en s'approchant encore davantage.*

De l'amour les petits doigts

    Sur ton minois

Ont imprimé des fofettes.

J'en vois une , deux & trois

Qui pour féduire font faites.

Touchons un peu celles-là.

    (Il touche du bout du doigt & s'enfuit comme
    auparavant.)

              G iij

JULIENNE.

Ah ! paff' pour ça ;

Ah ! paff' pour ça.

COLIN *revient , en s'approchant encore plus près de Julienne.*

Un bouquet eft fur fon fein :

J'aurois deffein. . . .

Amour , conduis l'entreprife !

A faire un fi doux larcin

L'occafion m'autorife.

(*Il défait la rofette du bouquet & enleve le bouquet.*

JULIENNE, *fe levant toute troublée.*

Ah ! Colin , Colin , hélas !

Ça n'convient pas,

Ça n'fe fait pas.

COLIN.

Ah ! Julienne ! je me jette à vos genoux.

JULIENNE.

Eft-ce pour vous rendre encore plus coupable ? Il n'eft plus tems de diffimuler avec moi. Je viens de tout entendre ; oui, vous m'aimez & c'eft fort mal à vous. Il y a long-tems que je m'en doutois, & c'eft pour m'en affurer que j'ai feint de dormir ; car effectivement je n'en ai fait que femblant ; entendez-vous ?

COLIN.

Eh bien ! Julienne, je m'avoue coupable. Oui, on ne vous a jamais tant aimé que je vous aime, & s'il m'étoit permis de vous dire. . . . .

JULIENNE, *d'un ton abfolu.*

Oh ! dites tout, dites tout. Je l'exige.

COLIN.

Eh bien ! je dirai donc que, fi c'eſt un crime de
vous aimer, il n'y a point de peine aſſez grande pour
me punir, & que la mort même....

JULIENNE, *d'un air un peu radouci.*

Il ne s'agit point de cela.

COLIN.

Ah ! l'heureux Nicaiſe !

JULIENNE, *ſoupirant.*

N'enviez pas ſon ſort.

COLIN.

Vous m'en faites un reproche ?

JULIENNE.

Ce n'eſt pas ce que je veux dire.... mais enfin,
Colin, laiſſez moi. Et ce bouquet que vous m'avez
pris ?....

AIR : *Près du Cours, un Fiacre habile.*

L'honneur dévoit vous défendre
De ravir ces fleurs.

COLIN.

Hélas !

L'Amour fait tout entreprendre.
Les voici.

JULIENNE.

Je ne veux pas
Vous les reprendre ;
C'eſt me ſauver l'embarras
De vous les rendre.

COLIN.

Qu'entends-je ? ſeroit-il vrai que je tiendrois ce
bouquet de vous-même ? Vous ne me dites rien ?

G iv

JULIENNE.

C'eſt que je ne puis vous en dire davantage.

(*Elle s'aſſied ſur le banc de gazon. Colin ſe jette à ſes genoux & lui prend la main qu'il baiſe à pluſieurs repriſes.*)

COLIN.

Air: *Ah! m'y voilà, m'y voilà.*

Ah ! mon cœur céde à ſon tranſport.

Ma Julienne ai-je eu tort ?

JULIENNE.

Fort.

COLIN.

N'obtiendrai-je point mon pardon.

Dites oui.

JULIENNE.

Je dis non.

LE PLAISIR, *s'approchant.*

Bon !

COLIN.

Que je liſe dans vos beaux yeux.

LE PLAISIR.

Doucement je m'approche d'eux.

JULIENNE.

Ah ! laiſſez-moi.

COLIN.

Pourquoi ?

JULIENNE.

Pourquoi ?

COLIN.

Ton cœur me ſemble attendri.

JULIENNE.

Oui.

DUO.

JULIENNE.	COLIN.
Mon cher Colin, je ne puis m'en défendre.	J'ai donc ce cœur où je n'ofois prétendre !
Faifons ferment de nous aimer toujours.	Faifons ferment de nous aimer toujours.
Que les defirs de l'âme la plus tendre	Que les defirs de l'amant le plus tendre
Soient exaucés par le Dieu des amours.	Soient exaucés par le Dieu des amours.
Mon cher Colin, &c.	J'ai donc ce cœur, &c.

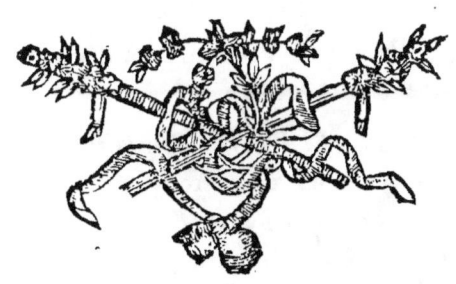

SCENE VIII.

JULIENNE, COLIN, NICAISE.

NICAISE.

AH, ah! vous êtes donc-là; je vous y prends, & tandis que j'étois à me morfondre à la porte du labyrinthe, vous ne vous embarrassiez pas de moi, je le vois bien. Je me suis aussi douté de quelque chose: voilà pourquoi je suis venu tout doucement pour vous surprendre. Ah, ah! c'est donc comme çà!

COLIN.

Ne te fâche pas, l'ami Nicaise: nous répétions un Proverbe.

NICAISE.

A d'autre! j'ai tout vu, tout entendu, & je ne suis fâché que d'une chose.

AIR: *Le Valet de Brignolet.*

Ma foi, j'ai bien rencontré;

Sous ce verd bocage

Trop tôt je me suis montré,

Trop tôt; dont j'enrage.

Car ayant tout apperçu,

Mordienne! j'en aurois su

Cent fois davantage,

Cent fois davantage.

JULIENNE.

Eh bien! Nicaise, si tu as tout vu, tout sçu, cela nous épargnera la peine de t'instruire.

COLIN.

Je t'avois averti, tu l'as voulu, ne t'en prends
qu'à toi.

NICAISE.

Ah! perfides que vous êtes! c'eſt donc comme ça!
Oh! ne vous embarraſſez pas.

COLIN.

Ecoute, Nicaiſe.

NICAISE.

Je n'écoute rien.

AIR.

Tu veux donc te moquer de moi?

Je me mocque de toi.

[*A Julienne.*]

Pour me venger, vous ne m'aurez pas:

Je ſuis trop en colere;

Et je m'en vas tout de ce pas

Le dire à votre mere.   [*Il ſort.*]

JULIENNE.

Ah! Colin, il va dire....

SCENE IX.

JULIENNE, COLIN, LE PLAISIR.

LE PLAISIR.

Rassurez vous, mes Enfans, je vous prends fous ma protection. La Mère de Julienne m'implore quelquefois : fi je la menace de l'abandonner pour jamais, elle confentira d'abord à vous unir.

Air : *L'occafion fait le larron.*

A fon bonheur faut il qu'on fe refufe ?

Jeunelfe, Amour n'entendent point raifon.

Et le proverbe aux Amans fert d'excufe :

L'occafion fait le larron.

TRIO.

JULIENNE ET COLIN.	LE PLAISIR.
Notre aventure fait comprendre	Votre aventure fait comprendre
Qu'il faut profiter du moment.	Qu'il faut profiter du moment.
COLIN.	
Je fuis fenfible, je fuis tendre,	Lorfque l'amour fait entreprendre,
L'occafion fert un amant.	L'occafion fert un amant.
JULIENNE.	
Lorfque j'ignore	
Encor l'amour,	
Tu fais éclorre	
Pour moi le jour.	
JULIENNE ET COLIN.	

JULIENNE ET COLIN	*Enfemble.*	LE PLAISIR
Ce doux fentiment		Ce doux fentiment
Eft un bien charmant :		Eft un bien charmant :
Le plaifir l'attend,		Le plaifir l'attend,
Et faifit l'inftant		Et faifit l'inftant.

JULIENNE.

Comment pourrai-je me dé-
fendre
Et contre toi ,
Et contre moi ?

JULIENNE ET COLIN.

Ah ! le plus court eſt de ſe
rendre ,
Quand le penchant nous fait la
Loi.

JULIEN.

Mon cher Colin.

COLIN.

Ah ! ma Julienne ,
Tu recompenſes mon ardeur :
Reçois ma foi.

JULIENNE.

Reçois la mienne.

ENSEMBLE.

Avec ma , main reçois mon
cœur.
Oui , c'eſt pour t'aimer , tou-
jours t'aimer ;
Que l Amour a ſu l'animer.
Oui , l'Amour vainqueur
Ne forma mon cœur
Que pour t'aimer.

COLIN.

Pardonne à mon amour ſincere
Un larcin qui comble mes
vœux.

LE PLAISIR.

Ah ! le plus court eſt de vous
rendre ,
Quand le penchant vous fait la
loi.

JULIENNE.

Un tendre amant, lorſqu'il ſçait
   plaire ,
Ne peut riſquer que d'être
   heureux.
Peux-tu douter de ton pardon ,
Quand de mon cœur je t'ai fait
   . . . . don ?

LE PLAISIR.

JULIENNE ET COLIN.

Du ſort le plus doux		Du ſort le plus doux
Nous allons jouir.		Vous allez jouir.
L'Amour près de nous	*Enſemble.*	L'Amour près de vous
Fixe le Plaiſir ,		Fixe le Plaiſir ,
Fixe le Plaiſir.		Fixe le Plaiſir.
		Où l'Amour a part
		Plus que le hazard ;

Notre aventure fait comprendre	Votre aventure fait comprendre
Qu'il faut profiter du moment.	Qu'il faut profiter du moment.

COLIN.

Je ſuis ſenſible , je ſuis tendre.	Quand on eſt vif , ſenſible & tendre ,
L'occaſion ſert un amant.	L'occaſion ſert un amant.

Fin de la troiſième Partie.

LE BAL
DES BOULEVARDS.

PERSONNAGES.	ACTEURS.
M. BONNEAU.	*Le Sr. La Ruette.*
Me. BONNEAU.	*La D^{lle}. Gault.*
M. DESBARREAUX.	*Le Sr. Michu.*

QUATRIÉME

QUATRIÈME PARTIE.

LE BAL
DES BOULEVARDS.

Le Théâtre repréfente une Salle de Bal illuminée. Une foule de Mafques remplit le lieu de la Scène. Après différentes entrées, un Quadrille repréfentant les Modes Françoifes, depuis François Premier jufqu'à préfent danfe fur des Airs de Vaudevilles, qui caractérifent les époques des Modes. On finit par une Contredanfe générale fur l'Air de la Fricaffée.

SCÈNE

DE M. BONNEAU, Me. BONNEAU, M. DESBARREAUX.

(Tous les Mafques environnent M. Bonneau, lifent l'écriteau qu'il a fur le dos & répétent : Monfieur Bonneau, Monfieur Bonneau, Gentilhomme de Falaife.)

M. BONNEAU.

QUE diable ! chacun me reconno.t ici. Mettons-nous à l'écart.

(Il fait le tour de la Salle, de façon que chacun peut lire fon écriteau : on le fuit toujours en lifant: Monfieur Bonneau, Monfieur Bonneau.)

H

Madame BONNEAU.

Ah! je suis perdue! c'est mon mari, fuyons.

M. DESBARREAUX.

Eh! non, non, Madame; c'est sans doute une petite espieglerie de quelqu'un qui aura su que vous deviez venir au Bal avec moi. Il aura imaginé cette facétie pour vous donner une fausse allarme.

Madame BONNEAU.

Mon cher Monsieur Desbarreaux, si mon mari savoit....

M. DESBARREAUX.

Tranquilisez-vous. Votre mari ne doit arriver qu'après-demain. Au surplus, vous êtes si bien déguisée sous cet habillement de Flore qu'on ne soupçonnera pas que c'est vous.

Madame BONNEAU.

Tachez donc de vous instruire....

M. DESBARREAUX.

Laissez-moi faire.

M. BONNEAU *reparoît, encore poursuivi par les Masques.*

Ce n'est pas moi, ce n'est pas moi, vous dis-je.

M. DESBARREAUX.

Messieurs, Messieurs, laissez M. Bonneau tranquile: j'ai un mot à lui dire. Eh! bon jour, Monsieur Bonneau; bon jour, mon cher ami.

M. BONNEAU.

Encore! mais je ne suis point Monsieur Bonneau.

M. DESBARREAUX.

A qui dites-vous ça ? allons, allons, confiez-vous à votre meilleur ami. Est-ce que je ne vous connois pas ? Vous êtes de falaise.

M. BONNEAU.

Est-ce que vous en êtes auffi ?

M. DESBARREAUX.

Oui, j'en arrive.

M. BONNEAU.

Et vous me connoiffez ?

M. DESBARREAUX.

Sans doute. M. Bonneau, Gentil-homme.

M. BONNEAU.

C'eft la vérité.

M. DESBARREAUX.

Gentil-homme Procureur.

M. BONNEAU.

La profeffion ne déroge pas.

M. DESBARREAUX.

Vous demeurez rue Courtauvilain.

M. BONNEAU.

Il me connoît, il me connoît ; puis-je favoir à qui j'ai l'honneur de parler ?

M. DESBARREAUX.

Oh ! devinez, devinez.

Hij

M. BONNEAU.

C'eft... c'eft Monfieur Renard, qui eft le coufin de la femme du parrein de la fille de Mademoifelle....

M. DESBARREAUX.

Eh! oui, Mademoifelle... aidez-moi donc à dire.

M. BONNEAU.

Catherine Breluche.

M. DESBARREAUX.

juftement.

M. BONNEAU.

Mais comment avez-vous fait pour me reconnoître? j'ai pourtant pris toutes les précautions du monde pour me traveftir.

M. DESBARREAUX.

C'eft que votre bon air perce à travers votre déguifement, & quand vous auriez pris le mafque du diable, vous n'en feriez pas moins reconnoiffable. Allons, tournez-vous un peu. M. Bonneau, Gentil-homme de Falaife; tout le monde voit ça.

M. BONNEAU.

C'eft fingulier. On m'a toujours bien dit que j'ai un air de diftinction qui me fait remarquer.

M. DESBARREAUX.

Ah! çà, dites-moi, vous ne venez pas ici au Bal pour rien, un Gentil-homme comme vous! il y a quelques amourettes?

M. BONNEAU.

Puifque vous êtes mon ami, je vous dirai tout franchement que j'attends ici une petite poulette.

M. DESBARREAUX.

J'entends, j'entends ; & c'eft?....

M. BONNEAU.

La petite Lolotte ; mais il ne faut pas que Madame Bonneau le fache.

M. DESBARREAUX.

A qui dites-vous ça?

M. BONNEAU.

La petite doit être ici. Nous fommes convenus d'un fignal pour nous reconnoître.

M. DESBARREAUX.

Quel fignal?

M. BONNEAU.

C'eft de fe gratter le nez avec le bout du petit doigt, en difant : Chit, chit.

M. DESBARREAUX.

Fort bien, fort bien. Ah! que vous avez d'efprit, Monfieur Bonneau !

M. BONNEAU.

Ah ! je ne fuis pas fait d'hier !

M. DESBARREAUX.

Je vous quitte pour vous laiffer profiter de votre bonne fortune.

M. BONNEAU.

C'eft agir en ami.

M. DESBARREAUX, *à Madame Bonneau.*

Rien de plus vrai, Madame : c'eft votre mari.

(*Il lui parle bas à l'oreille, en fe grattant le nez avec le bout du petit doigt, & prononçant le mot de* Lolotte.)

H iij

Madame BONNEAU.

Bon, bon; je veux favoir ça par moi-même.

(*Pendant ce tems M. Bonneau s'est approché de plusieurs masques, en faisant le même signal.*)

Madame BONNEAU *s'approche de son mari, en faisant le signal.*

Hou, hou.

M. BONNEAU.

Hou, hou.

Madame BONNEAU.

Eft-ce toi, mon petit poulet?

M. BONNEAU.

Eft-ce toi, mon petit chaton?

Madame BONNEAU.

Monfieur Bonneau?

M. BONNEAU.

Ma chere Lolotte?

(*Tous deux ensemble.*)

Oui, oui, oui, oui.

Madame BONNEAU.

Tu vois que je suis exacte au rendez-vous.

M. BONNEAU.

Moi de même.

Madame BONNEAU.

As-tu fait bon voyage? M'apportes-tu quelque chose pour mes étrennes?

M. BONNEAU.

Je n'ai pas eu le tems de faire des emplettes; mais voilà une bourse de vingt-cinq louis, pour t'acheter ce que tu voudras.

Madame BONNEAU.

Bien obligée, mon petit rat.

M. BONNEAU.

Pourquoi donc prends-tu cette petite voix ?

Madame BONNEAU.

C'eſt pour n'être pas reconnue. Ah ! çà, dis-moi donc, ta femme ſait-elle que tu es arrivé ?

M. BONNEAU.

Non, parbleu ! elle ne m'attend qu'après-demain. Je paſſerai deux jours avec toi.

Madame BONNEAU.

Tu m'aimes donc mieux qu'elle ?

M. BONNEAU.

C'eſt une acariâtre ſans grâces, ſans eſprit ; fort ſage à la vérité ; oh ! incapable de jouer aucun tour à ſon mari : mais d'une vertu ſi revêche, d'une mauſ-ſaderie, d'une méchanceté : enfin, c'eſt un diable.

Madame BONNEAU, *ſerrant les poings & trépignant.*

Hou, hou.

M. BONNEAU.

Qu'avez-vous donc, mon adorable ?

Madame BONNEAU.

Rien, rien. C'eſt un tranſport de plaiſir. Démaſque-toi un moment, mon cœur ; que je voye, ſi le voyage ne t'a pas changé. (*Il ôte ſon maſque.*) Ah ! traitre, perfide ! (*Elle ôte auſſi le ſien.*) reconnois Madame Bonneau.

M. BONNEAU.

Oh ! oh ! Et pourquoi, s'il vous plaît, êtes-vous venue au bal ?

Madame BONNEAU.

Pour t'y furprendre, fcélérat! Je fais toutes tes
fredaines: Mademoifelle Lolotte, Mademoifelle Lolotte! Allons, marche, vieux fou! Je t'apprendrai.....

[*Elle frappe M. Bonneau, lui déchire fon domino. Il
s'enfuit. Les mafques le pourfuivent, en criant: Monfieur Bonneau!*]

M. DESBARREAUX, *riant à gorge déployée.*

Ah, ah, ah! voilà une bonne hiftoire! Parbleu! me
voilà donc débarraffé de cette vieille folle. Cherchons
fortune ailleurs.

CONTREDANSE GÉNÉRALE.

LE Bal eft une fricaffée;
Son joyeux inventeur
Fut l'Amour en belle humeur.
Il eut une bonne penfée;
Dans un Bal
Le plaifir eft général.

On y voit danfer à la fois
Grands feigneurs & fimples bourgeois,
Les états font différens:
Mais la gaité raffemble & confond tous les rangs.

CHŒUR.

Le Bal eft une fricaffée:
Dans un Bal,
Le plaifir eft général.

L'Amour qui nous traite en ami,
A fa mode a fait un falmi.
Pour tâter de ce mêts-là,
De préférence on court au Bal de l'Opéra.

Le Bal eſt une fricaſſée ,
Une ſauce , un ragoût
Où l'on a mêlé de tout :
Sans ceſſe une foule empreſſée
Y choiſit
Ce qui pique l'appétit.

On y voit tendrons ſucculens,
Fin gibier , friands ortolans ,
Des poulets , des pigeons ,
De gros & grands dindons ,
Et de petits goujons.

CHŒUR.

Le Bal eſt une fricaſſée :
On choiſit
Ce qui pique l'appétit.

Par-tout ce n'eſt que fricaſſée ;
Rien n'étoit déplacé ,
Chez nous au ſiécle paſſé ;
La Mode, aujourd'hui plus ſenſée ,
Pour changer ,
Se plaît à tout déranger

CHŒUR.

La Mode, aujourd'hui plus ſenſée ,
Pour changer ,
Se plaît à tout déranger.

Le cothurne eſt un brodequin ,
Et l'on pleure chez Arlequin ;
C'eſt là qu'avec dignité ,
La ſuperbe Ariette étrangle la gaité.

CHŒUR.

Par-tout ce n'est que fricassée :
Mais, en tout,
De la Mode on suit le goût.

—✦—

Melpomene est en caraco :
Et Thalie, en noir domino,
Prend la coupe & le poignard,
Pour mieux nous amuser dans un genre bâtard.
Par-tout ce n'est que fricassée ;
Mais, en tout,
De la Mode on suit le goût.

—✱—

La Philosophie, à présent,
Est le goût le plus amusant.
On la met en prose, en vers ;
Mais la raison chez nous est toujours à l'envers.

AU PUBLIC.

Messieurs, à notre fricassée,
Si vous applaudissez.
Nous sommes récompensés :
Raison sévère est compassée.
La gaité
Vaut mieux que la gravité.

F I N.

A PARIS,
DE L'IMPRIMERIE DE CAILLEAU,
rue Saint-Severin.

$$4 - 16 \quad 8 \qquad 7 - 14$$
$$2 \#19 \qquad 6 \qquad 5 \qquad 6$$
$$2 \quad 13 \quad 6$$

www.ingramcontent.com/pod-product-compliance
Lightning Source LLC
Chambersburg PA
CBHW060812250626
47162CB00005B/1758